LOIZA 繪
鬥鬼
驅魔少女

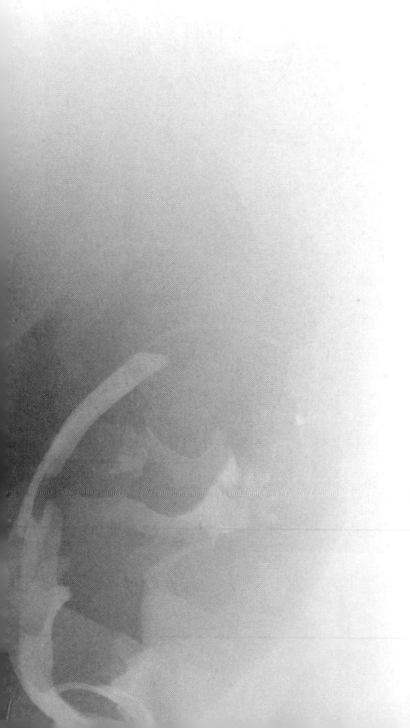

鬥鬼

第1章・頑固廟的前世今生

1

在本家所熟知的「鍾九首傳奇」中，九首共有八名弟子，也是後來被大家稱為「九首八傑」的八位弟子，然而事實上，鍾九首在他大半的人生之中，卻是有九名弟子。

這第九名弟子與其他八位師兄弟不同，只有北派的人才知道他的存在。

時間回到數百年前的明末清初之際，那時候的這塊土地，是片連棟建築物都沒有的荒地。當然當時也沒有人可以預想到，在數百年後的今天，這裡會蓋起一座被人稱為頑固廟的廟宇。

這裡就是國姓爺鄭成功下令，要給這個打從出生之後，就一直跟在自己左右，比親兄弟還要親的九首的土地。

這一天，鍾九首帶著自己的弟子，第一次踏上這塊土地。

看著眼前一片荒蕪的土地，鍾九首的九名弟子沒人知道師父到底在想什麼。

就局勢來說，鄭成功已經收復台灣，勢力也日趨穩定，因此許多一路跟著國姓爺打拚至今的臣子，紛紛得到鄭成功的賞賜，讓他們可以過安穩一點的生活。

身為鄭成功最得力的助手，鍾九首雖然不能被他人所知，但也得到了鄭成功的厚賞。然而，身為國姓爺的拜把兄弟，鍾九首明明是在眾多功臣中，優先圈選土地的人，在有那麼多地方可以挑的情況下，鍾九首卻選擇了這塊荒地，讓九名弟子十分不解。

如果鍾九首是最後一個選地的人，只能撿人家選剩的，那麼不管什麼樣的地方，大家或許多少都還能夠理解，但是擁有優先選擇權的師父，選的卻是讓人摸不著頭緒的荒地，真的讓人覺得欲哭無淚。

雖然九個弟子中，沒人覺得如今世局算得上安穩，不過師父年紀也大了，也該是享清福的時候了，不求榮華富貴，只求不要太累，多少過些平靜點的生活，在這個動亂的時代，也算是最好的一種恩賞吧？

誰知道，師父竟然選了這麼一塊荒地？

光是想種點東西，還需要大費周章地先整地，而且還不知道整好地之後，能不能種得出東西，更重要的是，大夥大半輩子都在海上，根本就沒有人會耕地，師父選擇這樣的地，還真的是出乎眾人意料之外。

正因為這些因素，才讓一眾師兄弟臉上全部都顯露出無比的疑惑，沒有人知道師父為什麼會挑選這塊地。

「大半輩子都在海上生活，應該是希望接下來可以腳踏實地在陸上生活吧？」

「你們學會種田了沒啊？」

「去你的，陸上生活就只能種田嗎？」

「拜託，這塊地說不定連個瓜都種不出來，還種個毛啊？」

「師父是不是那天跟大當家喝酒了啊？不然怎麼會選這塊地啊？」

就在這些師兄弟七嘴八舌，你一言我一語地對這塊荒地提出批評時，一個弟子走過來。

「六師弟，」走過來的弟子說：「師父找你。」

這時跟著大家一起討論的六師弟點了點頭，朝著師父所在的小帳篷走去。

師父所在的這個小帳篷也是眾人臨時搭的，看著這樣的帳篷，六師弟不難想像接下來眾人要做的第一件事情，可能就是在這片荒地蓋個可以讓眾人棲身的處所。

走進帳篷，在裡面等著六師弟的，正是後來被人稱為「海賊」道長的傳奇人物——鍾九首。

雖然說這時候的鍾九首，已經快要邁入老年，不過因為長期在刀尖上討生活鍛鍊下來的體魄，讓他看起來比實際年齡要年輕許多。

看到自己的弟子走進來，鍾九首沉著臉點了點頭，然後示意他靠近一點。

六師弟站到了師父的面前，鍾九首抿著嘴、皺著眉，打量了一下六師弟。

被師父這樣打量，讓六師弟感覺自己好像又做錯了什麼事，不自覺地低下了頭。

就這樣打量了一會之後，鍾九首才緩緩地開口。

「小六啊，從今天開始，我希望你可以離開鍾馗派。」鍾九首沉重地說。

六師弟一聽，先是張大了嘴難以置信，然後跪倒在地上，再抬起頭來時，已經是淚流滿面了。

「師父，」六師弟哭叫道：「不要啊，師父。」

「你先別急，」鍾九首說：「先起來聽師父說，師父也是考慮很久之後，才做出這個決定，先起來再說。」

即便聽到鍾九首這麼說，不過六師弟卻是說什麼也不肯起來。

「其實打從一開始，」鍾九首面露無奈地說：「我就跟你說過了，你真的不適合走這行啊。」

「這行……」六師弟哽咽地問：「師父你是說海上還是陸上？」

當然，六師弟這邊所說的海上，指的是海盜的生活，而陸上所指的正是道士的生活。

「陸上。」鍾九首無奈地笑了笑說。

「喔。」

從師徒倆的對話不難聽得出來，其他的先不要說，光是理解力，六師弟就有點問題了。因為打從一開始，鍾九首就已經直接說希望他離開鍾馗派了，但六師弟還是多問了一次。然而，這位六師弟的問題還不只有這個而已。

「先不要說操偶，」鍾九首搖搖頭說：「口訣對不識字的你來說，真的有點為難你了。」

「可是……」六師弟一臉疑惑：「我們本來就不能寫下來，不是嗎？識不識字有差嗎？」

「是，」鍾九首皺著眉頭說：「不過不識字，你很難理解口訣裡面的精髓。」

當然這點六師弟自己也很清楚，拜入鍾九首門下，至今已經過了十多年，但是他連口訣都還沒背完。因此六師弟也知道關於這點，自己是無可辯駁，所以只能低著頭，期望師父可以回心轉意。

「當然，」鍾九首接著說：「師父今天不是因為這樣要你離開，而是希望可以把一個非常重要的任務交給你。」

「任務？」

「嗯，」鍾九首沉著臉：「不過我知道，這個任務非常沉重，師父我也是考慮良久，才這麼決定的，希望你不要怪我。在師父心中，你永遠都是我最喜愛的弟子之一，而你也永遠都是我的弟子。不過這只能存在於你、我之間，就像……師父我一樣。」

鍾九首這麼說，六師弟也知道師父是在說他自己跟鄭成功的關係，雖然是鄭成功底下最重要的左右手，但是除了鄭成功周遭的權力核心之外，並沒有多少人知道。

「當然，」鍾九首說：「其他師兄弟他們也都會知道，不過對外……就不行了，因為接下來，你就會跟師父我一樣，我們都需要小心一點，懂嗎？」

六師弟似懂非懂地點了點頭，打從拜入師父門下，六師弟就知道，師父一直被人追殺，雖然相關的恩恩怨怨，一直到多年之後，六師弟才搞清楚，不過師父一直得要被迫低調、隱姓埋名的這件事情，六師弟倒是挺清楚的。

不過他不知道的是，這跟現在自己的狀況有什麼關聯。

「我要給你的任務，」鍾九首對六師弟說：「就是守住這塊地，這是最重要的任務。不只有現在，甚至在我死後，我希望你也可以一直守住這塊地，不管怎樣，都不能放棄這塊地。」

六師弟一臉不解，當然守住這塊地沒有什麼問題，但是一直守著又是什麼樣的概念？

「守……是要守多久？」六師弟問。

「守到滿清滅亡，」鍾九首說：「然後下一個朝代結束為止，才能放手。」

「啊？」六師弟張大嘴，一臉訝異：「師父你知道我沒有辦法活那麼久嗎？」

光是滿清滅亡，六師弟就不知道能不能看得到了，更遑論還要等下一個朝代結束，這時間也太久了。

「這師父當然知道，」鍾九首苦笑說：「所以這個任務，不只有你一個人，就連你未來的家人，也必須要謹守這個任務才行。不過當然，如果未來有本門的人，需要在這邊生活，到時候你也可以卸下這個重擔，就把這塊地，交給本門的人就可以了。」

當然如果單純就任務本身來說，並沒有什麼太大的問題。簡單來說，就是一直守住這塊地，直到滿清之後的朝代結束，或者是有本家的人前來認領。

聽起來沒什麼問題，但是六師弟完全不了解，這樣做到底有什麼意義。

只是一時之間，就連想要發問，都不知道該從哪裡問起。

這時鍾九首轉身走到後面，在帳篷的角落，堆放著許多眾人前來這塊荒地時，一起帶來的行囊與箱子。

鍾九首在那些箱子裡翻找了一會，最後從行李堆中，拉出一個看起來十分老舊斑駁的木箱。

鍾九首將箱子搬出來，從動作看起來，箱子有相當的重量，鍾九首就連搬出來都顯得有點吃力。

如果在平常，六師弟當然會上前幫忙，不過由於事情的發展讓他有點亂了方寸，因此只是愣愣地跪在那裡，看著師父將箱子拉到了自己面前。

將箱子放好後，鍾九首喘了一會，待他調整好氣息，看了六師弟一眼，這才將箱子緩緩地打開。

六師弟朝箱子裡面看一眼，原本的淚眼頓時消失，一雙眼睛瞪得老大。臉上原本的一臉哀怨，這時也轉變成訝異。

箱子裡面，真的就像海盜的寶箱一樣，金光閃閃放滿了各種珠寶與金條。

六師弟一臉驚訝地盯著寶箱裡面的金銀珠寶一陣子，回過神來白了自己的師父鍾九首一眼。

「師父，」六師弟的口氣充滿哀怨：「這是怎樣？把我趕出師門，然後讓我知道師父你是有錢人？這樣不行啦，太無良啦。」

由於長期在海上討生活，過的又是見不得光的日子，因此師徒之間，本來就沒有那麼多繁文縟節，比較多的都是這種有話直說的互動。畢竟突然被趕出師門，六師弟難免覺得委屈，甚至有點光火，因此講話也比較衝。

「話說回來，」六師弟一臉不以為然：「師父，看不出來您還挺富有的嘛。」

當然，鍾九首並不在意弟子的冷嘲熱諷，用手比了比箱子說：「這些，就是我這些年的積蓄，現在我全部都交給你。」

聽到師父這麼說，六師弟也沉下了臉，因為越聽越覺得，師父似乎是很認真的。

畢竟眾師兄弟都知道，師父最喜歡說的一句話就是「師父什麼都有，就是沒錢」。一旦關係到錢的事情，師父是不會開玩笑的。

所以看到這些金銀珠寶，六師弟也知道事情不太對勁了。

「我們明天就會離開這裡，」鍾九首說：「而這個重責大任，就交給你了，這次帶來的許多行囊，都會跟這個箱子一樣，留給你。你要怎麼用，師父都不會過問，你也可以在這塊土地上，做任何你想要做的事情，這些金銀財寶，就任你使用。師父只求你一件事情，就是好好守著這塊地。」

這就是鍾九首交代給六師弟，最重要的一個任務。

當然，現在的六師弟還不知道，在這天過後，鍾九首便沒有再踏上這塊土地，不只有鍾九首，就連其他師兄弟，也不曾回來過。

而六師弟後來在這塊土地上，蓋了座小廟，還有自己的家，然後在這裡傳宗接代，代代相傳，一直等著有這麼一天，北派的大家會來到這塊土地，一直等著有一天，會改朝換代。

只是不管是誰，當時都沒有想到，這一等就是幾百年。

不過在接下這個任務的時候，不管是六師弟還是鍾九首還完全沒有這樣的覺悟。

「別那麼沮喪啦，」鍾九首還安慰著六師弟：「我只是以防萬一，說不定，過個幾年，師父就回來了，然後我們所有人就一直定居在這裡了。」

然而，就連鍾九首都沒有想到的是，幾個月後他就死在鬼王派的手下，更想不到的是，原本還以為滿清的氣數不會太長，卻是滿滿數百年。

而最後一個更讓鍾九首沒想到的地方是，在滿清之後，這裡揚起的終究不是他那好兄弟的旗幟，而是青天白日滿地紅的國旗在空中飄揚。

2

三、四十年前，台北市區。

一座新落成的廟宇隱身在巷弄之中，沒有鄰接大馬路的這座廟宇，才剛落成就讓附近的鄰居心生懷疑，這樣的廟宇真的會有足夠的香火嗎？

確實當時的這棟廟宇，不要說地理位置不佳，就連道上的人，也都還沒有注意到這座廟宇。

不管是誰，恐怕都沒有辦法想像，這座廟宇即將在未來的幾十年中，成為一個門派最重要的廟宇，也是道上無人不知的知名廟宇。

未來，他們會給這座廟宇一個暱稱——么洞八廟。

先不管此時此刻這座廟宇還沒沒無聞，至少今天，廟裡面異常熱鬧。

比較可惜的就是，由於大門位於狹窄的巷弄中，因此遊覽車不太方便開進來。

不過一波又一波的人潮，讓這座剛落成的小廟，像是正舉辦什麼大型的廟會活動一樣熱鬧。

然而有別於其他的廟宇，在人群之中穿梭，招呼著與會來賓的，不是道士也不是廟方人員，而是附近社區請來幫忙的幫手。

會有這樣的現象，主要就是因為，這裡的負責人呂偉道長，底下並沒有任何弟子。

這在鍾馗派是非常罕見的情況，主要是因為鍾馗派徒弟的養成時間，比起其他門派來說，要來得長很多，不管是口訣還是操偶，都需要多年的努力，才有可能熟練。

其他的先不要說，光是呂偉道長的師兄，也就是知名的光道長，本身就已經有一打以上的弟子了。

但是如今的呂偉，卻是沒有半個弟子，為了招待這些從台灣各地前來的道士們，呂偉只能請附近社區的居民幫忙。

當然，這些聚集在這裡的道長們，全部都是為了參加即將在這裡召開的道士大會。

相隔了數百年後，終於在一名道士的號召下，鍾馗派的道長們再度雲集一堂，為了這個門派的未來，開會討論。

而這位道長，就是後來被稱為一零八道長的呂偉道長。

上一次的道士大會，是在相隔數百年以前的那場清朝大戰後召開的。

在那場血腥激烈的大戰之中，不管是本家還是鬼王派都是死傷慘重，而最後取得了勝利的鍾馗派本家，為了處理當時的事務，召開了道士大會。

雖然這場清朝大戰的起因是鍾九首，也就是這個本家最後的鍾家血脈，被鬼王派暗殺之後群起激憤所造成，但是鍾九首身為本家北派的掌門，卻因為一個嚴重的過失，導致在事後的道士大會上，北派遭到了各派的責難。

這個過失就是遺失了鍾馗四寶。

換言之，本來帶領著眾人的北派，卻沒有能夠在道士大會上團結眾人，才會導致這個原本可以讓鍾馗派再度團結起來的機會又隨風而逝了。

當然，那場大會中，其實討論的事，最主要還是聚焦在接下來的狀況。

大獲全勝的鍾馗派，終於不需要再躲著世俗的眼光，可以重新找回過去的生活。

不過由於各派為了自己的利益，讓這次的道士大會沒有半點實際上的幫助，只淪為形式。

而其中最大的決議，就是削弱北派居於領導的地位，從此之後，四派不再以北派為首。

最主要的原因，除了鍾九首遺失了鍾馗四寶外，更重要的是北派已經沒有鍾馗祖師一路傳下來的血脈，鍾家人在鍾九首死後，已經沒有任何傳人了。

因此，北派也失去了最後得以被各派尊崇的原因。

即便當時鍾馗四寶已經散落在台灣各地，找也找不回來，不過當時的大會還是決議，從今以後四寶將會分屬於不同的四派，由各派各保管一個，等於瓜分了鍾馗四寶。

當然這只是名義上的瓜分，在四寶已經全部遺失的當下，這樣的分配其實說穿了，只是宣洩一下心中的不滿。

而在那之後，道士大會就再也沒有召開過了，好不容易多少爭回一點優勢的本家，最後還是維持著分裂的狀態。

然後經過了這麼多年的時間，一直到了清末民初，全世界陷入了戰爭的動亂，大量的鍾馗派道士流浪到台灣，一起定居在台南那塊鍾九首留下來的土地上。

不過即便被迫生活在一起，各派之間還是顯得格格不入，因此陸續搬出那個地方，只剩下南派還留在那裡。

團結這個詞，在那些歷史恩怨下，似乎遙遠而難以實現。

就這樣，一直到了今天，終於又有一名道士，登高一呼，聯絡了各派，再度召開道士大會。

至於這一次，到底會是鍾馗派大團結的第一步，還是跟以前一樣，只是曇花一現的集合，目前還沒有任何人知道。

不過有一件事情是可以確定的，那就是即便各派都回應了這位道長的邀請，陸續來到這座廟宇，準備參加道士大會，然而卻是各懷鬼胎，只是來探個虛實，至少就心態上面來說，確實是如此。

即使這次召開大會的呂偉道長，這時候也已經很有名氣，但要論聲望，實在還不到可以讓眾人心服口服的地步。

因此這次大會，沒有人認為會有真正實質的作用。

而這相隔多年的道士大會，就在這種氣氛下，拉開了序幕。

至於這次的召集人呂偉道長，當然也有自己的目的與想法。

這時候的呂偉道長，結束了周遊台灣之旅，實際上也就是在這次的旅程中，呂偉道長陸續找回了遺落在台灣各處的其他三樣鍾馗四寶，因此有了這次召開鍾馗大會的重要籌碼。

而呂偉道長也希望透過遵守前一次道士大會的決議，將鍾馗四寶歸還給其他各派，換得各派的團結，與一個很重要的目的。

然而這一切，卻不是呂偉道長打從一開始就有的計畫。

那一次後來江湖上人人都知道的尋寶之旅，其實也跟尋寶沒有關係。

只是在這趟旅程中，呂偉道長有了許多新的體悟，才會一路走到如今的局面。

該做的與想做的，往往都不太一樣。這點呂偉道長現在，真的徹底體認到了。

在那天被自己的師父叫到房間裡面後，呂偉的人生就有了徹底的改變。

他了解了自己的師父，以及這一路走來，整個鍾馗派北派的歷史。

所有的謎題，在自己眼前攤開來，卻是如此的不堪。

當然得知這一切的同時，呂偉道長也了解，無偶道長這一生之所以低調與瘋癲的原因。

因此在師父無偶道長死後，呂偉道長原本打算放逐自己，徹底放棄這條道士之路，因為他實在沒有辦法，將這樣的痛苦傳承給下一代。

不過，在這段旅程中，他有了改變，雖然一樣不打算收徒弟，不過卻知道有些事情，除了自己以外就沒有其他人可做了。

於是，他改變了旅程的目標，順利找回剩下的鍾馗四寶，召開了這次的道士大會。當然，所有人會前來這座廟宇，不是因為呂偉道長德高望重。

而是為了一個很重要的原因，就是鍾馗四寶。

所有人陸陸續續集合在廟宇的大廳，準備召開這相隔多年的大會，就在這個時候，一個人的到來，讓原本顯得有點生疏與尷尬的大會，瞬間騷動起來。

「來了，來了。」一眾人竊竊私語。

畢竟這可是這次道士大會的一大看點。

來的不是別人，正是呂偉道長的師兄，光道長。

經過了多年的對立之後，這對師兄弟又再度聚首，而且這一次，是在眾目睽睽的情況下，上演這場重逢戲碼，所有人當然引頸期盼，抱持著看好戲的心態，想要看看兩人撕破臉的模樣。

雖然光道長早已是成名的大道長，而且這些年在道上，幾乎所有人都把他當成了北派的領導者。不過自從他的師父無偶道長死後，光道長性情大變，見人就數落自己師父與師弟的不是。因此兩師兄弟之間的恩恩怨怨，也早就成了眾所周知的秘密。

因此光道長一到，現場立刻沉靜下來，所有人都屏氣凝神，看著這對撕破臉的師兄弟。

身為道士大會的主持人，站在最前頭的呂偉道長，向光道長深深地一揖，光道長只是哼了一聲，大剌剌地坐上了北派的高位。

或許多少還是顧忌著眾人的目光，兩人之間並沒有太多互動。

當然光道長的囂張與跋扈都看在所有人的眼中。

不過看到光道長的態度，也讓大家想到了那個傳言。

光道長常常都表現出只要一見到呂偉，就會把他狠狠揍一頓的態度，不過，據說光道長也總會在雙方真正爆發嚴重衝突前，收斂下來，避開真正的衝突，就像是現在這樣。

所以才會有人傳說，光道長根本也對呂偉有所忌憚，因此才沒有真正對這個師弟做出什麼太超過的事情。

說穿了，應該就是打不過呂偉吧。

當然，對於光道長與自己的恩恩怨怨，最清楚的人，莫過於呂偉道長自己了。

而呂偉道長之所以處處容忍光道長，也正是因為他非常清楚，光道長忿忿不平的原因。

畢竟為人父母者，最嚴重的錯誤，就是偏愛。

一旦有偏愛的家庭，手足就不可能真正相親相愛。

為了爭奪這樣的偏愛，導致手足相殘、兄弟失和的場面，屢見不鮮。

這就是為什麼，當年無偶道長曾經對呂偉說，自己是個最糟糕的師父時，呂偉先是一愣，然後淡淡地點了點頭的原因。

雖然說無偶道長不是因為偏愛，但是只要有類似這樣的行為，似乎就注定了手足之間的命運。

光道長也是因為感覺到師父的偏心，才會對自己的師父與師弟，從原本的敬愛，轉為深深的埋怨。

不過，呂偉道長也非常清楚，這不是現在應該關注的事情，對他來說，他有更重要的任務。在看完兩師兄弟之間尷尬的互動後，接下來最大的重頭戲，就是鍾馗四寶了。

眼看眾人差不多都到齊了，於是呂偉道長開口。

「我知道，」呂偉道長對眾人說：「大家都在等著鍾馗四寶的事情。不過在這之前，我有個提案需要大家支持與幫助。」

聽到呂偉道長這麼說，台下一陣騷動，甚至有些人已經露出了不悅的神情。

「大家應該知道，」呂偉道長接著說：「南派的發源地，日前發生大火的事情，南派的掌門薛道長也因此命喪火窟。」

這件事情，當然也算是轟動一時的大事，即便一直到今日，關於那場大火也還有許多疑點。

姑且不論大火發生的原因，那場大火不只燒死了南派掌門薛道長，也讓南派那座年代久遠的廟宇，徹底被燒毀，南派因此陷入危機中，連個安身立命的場所都失去了。

「那裡，」呂偉道長說：「是我們現在所有身在台灣的鍾馗派，最初的起點，也是我們先人們在戰亂之中，還不至於流離失所的主要原因。因此，我希望我們大家可以一起湊錢，幫助薛道長的徒弟們，也就是劉道長與高道長，在原址重建廟宇。」

呂偉道長的話一說完，台下又是一陣騷動。

「當然，」呂偉道長接著說：「只要大家願意一起出錢重建南派的廟宇，我也非常樂意，把我走遍台灣各地重新尋回的鍾馗四寶，照著當年道士大會的協議，還給另外三派，讓大夥各自保管。」

聽到呂偉這麼說，所有人都躁動了起來，畢竟這等於變相希望大家拿出錢來購買一樣。先不說別的，光是維持現在的生活，對眾人來說就已經是件不易的事情了。所以要大夥出手幫助南派，對其他各派來說，當然非常不樂意。

但是不管哪一派，也都希望可以拿回屬於自己的鍾馗四寶，因此一時間，整個大廳亂哄哄的，各派熱烈地討論起來。

「在那之前，」西派的人這麼嚷著：「可不可以先把鍾馗四寶讓我們看看？」

「對啊，」東派的人跟著附和：「誰知道是不是真的。」

「所以，」呂偉道長淡淡地笑著說：「只要是真的，你們兩派都願意出錢嘍？」

「可不可以實際說個數字出來，」東派的掌門沉著臉說：「到底是要多少？」

當然關於這點，其實早在道士大會開始的這天前，薛道長的徒弟劉易經，就已經提前來到這座廟，跟呂偉商量過，兩人當然也已經算出了個大概的數字。

因此既然東派的掌門這麼問道，呂偉道長便提出了建築報告與實際上需要分攤的數字。

雖然是一筆不小的數目，不過在看到了實際的報告與數字後，東派的掌門考慮了一會，惡狠狠地瞪著呂偉道長說：「好，你把鍾馗令旗交出來，這筆錢……我們可以出！」

雖然答應了呂偉的請求，不過不管是誰都看得出來，這筆錢東派掌門出得不是很甘願。

既然東派都已經答應了呂偉的要求，一向都是看著風向怎麼吹，自己就怎麼做的西派掌門，也咬牙答應了。

就這樣，這場道士大會，呂偉道長最重要的一項任務，也順利達成了。

這就是呂偉道長召開這次道士大會最重要的目的與原因，他希望可以幫助南派，重建廟宇，因為他非常清楚，那塊地的重要性。

只要鍾馗派還存在的一天，那塊地就需要有鍾馗派的道士，在上面守著才行。

這也是呂偉道長在經過了那趟旅程後，知道自己該做的，最重要的一件事。

3

在那場道士大會的一年後，回到鍾九首當時所選擇的這塊地。

這裡終於蓋起了圍牆，而在圍牆裡面，日後大家所熟悉的頑固廟就是在這個時候逐漸成形。

這天，呂偉道長應劉易經之邀，來到了日後被稱為頑固廟的這座新落成的廟宇中。兩人在劉易經的辦公室中，把酒言歡，促膝長談。

這時候的兩人，都已經是鍾馗派知名的道士，劉易經雖然比較晚成名，不過現在的聲望也已經水漲船高，甚至有凌駕呂偉道長之上的跡象。不過兩人在這之前，就已經有了一定的交情。所以像這樣宛如好友般，喝酒聊天，對兩人來說，並不算什麼特別的事情。

不過，今天劉易經確實有事情要找呂偉道長，因此兩人閒聊幾句後，劉易經將一只印刷精美的信封，交到了呂偉道長手上。

「幾天前寄到廟裡的。」

呂偉道長看了一下手上的信封，從信封的觸感到浮現在上面的印刷，可以感覺出不凡的氣息，不過這些都比不上在信封左下角浮雕的那幾個字。

信封的左下角，用金邊文字寫著「總統府」三個大字。

「你知道智修上人嗎？」劉易經問呂偉道長。

「嗯。」呂偉道長點了點頭：「主持法虎山的上人。」

「對，」劉易經用下巴比了比信封說：「上人好像也知道了這裡的事情，因此薦請總統，把我們鍾馗派也列為國事顧問之一，任務當然只有一個。」

「嗯，」呂偉道長點了點頭說：「蓋座廟守著這裡，壓住這條廢棄的龍脈。」

「對。」劉易經笑著點頭。

當然，這時候不管是呂偉還是劉易經，都已經知道了這塊地的重要性。

「所以……」呂偉道長說：「你打算什麼時候北上？那期間我會在廟裡幫你準備一個房間，你就在我那邊住吧。」

「不，」劉易經淡淡地搖搖頭說：「我沒有要上去的意思。」

聽到劉易經這麼說，呂偉道長瞪大了雙眼。

「嗯？」呂偉道長難掩訝異：「你要拒絕嗎？你知道，現在國家也知道這間廟的重要，應該多少可以貼補你們一點，還是去一下吧。」

「不，」劉易經搖著頭笑著說：「錢我可以收，但是封為國師，我不接受。」

「不接受……」呂偉道長一臉為難：「這……就沒有補助啦。」

看到呂偉道長的模樣，劉易經也不禁莞爾。

「不，」劉易經收拾起笑容，正色道：「今天這裡之所以可以重建廟宇，幾乎全部都是你主導的，所以我希望，你可以代表我們鍾馗派去接受這份榮耀。當國師的人，應該是你。」

聽到劉易經這麼說，呂偉道長也慌了起來。

「這……我沒有什麼付出，」呂偉道長婉拒：「別這樣，我實在沒有辦法接受。」

「那我更沒有辦法了，」劉易經攤攤手說：「因為所有人都知道，你為這件事情出了多少力，如果不是你周遊台灣，找回了鍾馗四寶。我相信其他兩派，不可能甘心掏錢出來幫我們。所以我不想要被人閒話，呂老弟，你也不會陷我於不義吧？」

「這……」聽到劉易經這麼說，呂偉道長也真的詞窮了。

當然，呂偉自己這邊，也有不能接國師的原因。

在呂偉道長的心中，真正的芥蒂，還是來自於自己的師兄光道長。

因為能夠成為德高望重的國師，一直都是光道長的夢想之一，如果今天自己真的代替劉易經成為了國師，光師兄的心中絕對不好受。

不過相比之下，確實事情是自己一手造成的，因此或許自己應該要承擔這個責任。

所以儘管內心抗拒，不過猶豫了一會之後，呂偉道長也知道，自己不能不答應這個請求。

畢竟真的就跟劉易經所說的一樣，這樣感覺好像是陷劉易經於不義。

「好，」呂偉道長點了點頭說：「我明白了，那麼我就代替你，去總統府一趟吧。」

看到呂偉道長終於願意前往，劉易經滿意地笑著點點頭，如此一來，這件事情也算是告一段落了。

「聽說，」劉易經笑著說：「你跟東派的人交手了？」

「嗯，」呂偉搔了搔頭說：「想不到連你都聽說了，真是……唉。」

兩人口中所說的事情，是前陣子呂偉道長前往東部處理一些委託時，跟東派的人有了點摩擦，雖然不是什麼大事，不過在鍾馗派好不容易開始有了組織與團結的意識後，這樣的摩擦，終究還是比較敏感一點。

「看樣子東派的人，」劉易經搖搖頭說：「很相信你師兄說的話，所以才會特別針對你吧。」

「不，」呂偉苦笑著說：「這點東派掌門倒是很公平，不喜歡我，也不喜歡我師兄。」

「好啦，」劉易經拍了拍呂偉的肩膀：「今天就留在廟裡吧，我也想要好好聽你說說這次的事情。」

在劉易經的邀約之下，呂偉點了點頭。

在那場道士大會之前，曾經有過一段時光，是屬於光與偉的時代。

那個時代，大家都知道，北派有個很強大的光道長，而他的師弟呂偉道長，不過是個初出茅廬的年輕人。雖然很出色，不過真正散發光與熱的，卻是光道長。

所以那個時代，嚴格說起來是「光在前、偉在後」，甚至有不少人認為，呂偉道長之所以可以算是一號人物，完全是拜光道長所賜。

不過在很多人看來，這也算是理所當然的發展，有個像燈塔般引導著自己的師兄，呂偉會強大，自然也是理所當然的事。

所以，所謂的光與偉的時代，聚焦的還是在光道長身上。

不過這種情況，在這場道士大會之後，有了徹底的改變。

在這場大會前，光與偉間的矛盾與恩怨，早已在道上傳開。

而這次大會，也成為兩人之間的分水嶺，在這場大會之後，鍾馗派有了一盞全新的明燈，在那場道士大會上，在兩個男人相互呼應下，也宣告新的時代來臨。

所謂的「鍾馗經緯」也就是在那時候，真正揭開了序幕。

而在日被後人稱為頑固廟的這座廟宇完工之際，正是兩人在鍾馗派如日中天的時候，北呂偉南易經，一南一北宛如鍾馗經緯。

在那之後，呂偉道長真的代替劉易經，前往總統府，並且成為了國師。

儘管時代變遷，政局轉移，但守住頑固廟的任務，卻一直都在，而呂偉道長也一直擔任著國師的工作，直到他往生的那一天為止。

那天夜晚，呂偉道長在頑固廟過夜，在呂偉道長睡了之後，劉易經怎麼都睡不著，因此爬起來，走到了走廊上。

這天夜晚，天氣晴朗，明月高掛。

仰望著天上的明月，劉易經的內心也不禁感慨。

今晚在聽到了呂偉道長這些日子的情況，又再一次體會到呂偉道長的才華，尤其是呂偉對口訣的掌握力，真的是自己不管多努力，都沒有辦法追得上的。

曾經，劉易經也自信過，認為自己真的是個不可一世的天才，但是每每與呂偉交心交談，交換過這些歷練與心得後，就有種「既生瑜、何生亮」的感覺，非常非常強烈。

綜觀這一切，就好像老天真的開了自己一個大玩笑一樣，已經讓自己誕生於世，但是偏偏還讓呂偉這樣的天才，在自己之後誕生，根本就是徹底壓過與抹煞自己存在的價值與定位。

曾經，劉易經認為老天給了自己領悟口訣的才華，就是為了讓自己重振這樣的門派，但是如今看起來，就算沒有自己，光是靠著呂偉一人，也可以做到自己一直沒辦法做到的事情。

這也確實讓劉易經的世界，逐漸開始動搖起來。

因為他不懂，如果老天讓自己生下來，不是為了振興這個門派，那麼自己的這些才華還有什麼用途呢？

看著明月，劉易經這麼問著天。

4

時至今日——

阿吉站在頑固廟的空地上，看著眼前這座廟宇。

阿吉知道，這裡是台灣鍾馗派的一切起源。

在二戰前後的那段時間，世界局勢混亂之際，鍾馗派的道士們，陸續抵達台灣。上岸後，流離失所的道長們，就是聚集在這裡，生活了一段時間。

這塊地方，相傳是鍾九首當年遺留下來的，因此真的可以說台灣的鍾馗派，都是從這塊地開始發展的。

那些來到台灣來的鍾馗派道士們，在這裡度過了一段時間，等到一切安定下來，便各自帶著行囊，離開這裡，前往台灣各地發展，只剩下南派的弟子，繼續在這塊土地上奮鬥，延續鍾馗派的血脈，直至今日為止。

一路走來，雖然充滿了風雨，不過總算也是度過了重重的難關，想不到最後卻是這樣的結局。

對於今天的狀況，即便阿吉認為自己並沒有做錯，就算時光倒流，他還是會義無反顧地面對這一切，但內心那滿滿的內疚，就是揮之不去。

老祖宗留下來的這些東西，絕對不是讓我們這麼用的。

不管是口訣還是這塊地，我們這些後人，根本就沒有好好珍惜。

先不要說口訣了，光是這塊地，就曾經發生過多起不幸的事件，不但發生過大火，還發生過滅門血案。

如今，這塊地又再度發生了一起不祥的血案，只不過跟過去不一樣的地方是，這次，阿吉可是親眼目睹事件的發生。

阿吉可以感覺到，那股籠罩在這裡的紫氣，又變得更加濃厚了。

如今佇立在這裡，仰望著同樣的一輪明月，阿吉心中浮現出來的，卻是跟當年劉易經類似的問題。

到底，自己是為了什麼活下來的？

師父口中所謂的宿命，到底是什麼？

曾經，阿吉以為所謂的宿命，就是學會這一切，毀滅這一切，然後一切歸零之後，讓口訣繼續傳承下去。

當然阿吉並不是打從一開始就有這樣的認知，而是一路走來，慢慢體認出來的感受，而且隨著遇到的事情，逐步改變自己的認知，最後理出來的結果。

阿吉幾乎在每個人生的階段，都有自然浮現出來的宿命與責任感。

在師父呂偉道長將口訣補充完整，並且在阿吉還沒有學完所有東西之前，阿吉知道自己的使命，就是要學好這些東西。而在學完之後，即便沒有意思要踏上道士之路，阿吉也非常清楚，自己需要找人把這些東西傳承下去。

然後在鍾馗派的同門，匯集在光道長之下，準備搶奪這些口訣的時候，阿吉終於徹底清楚所謂的宿命到底是什麼了。

那就是將口訣傳承下去，並且避免它遭人濫用，就像鍾馗祖師所期許的那樣。

如果是這樣的話，自己已經完成所謂的宿命了。

不但摧毀那些走歪的同門，也將口訣傳承了下去，按理說自己已經完成了該盡的責任，或許，在那個時候，自己的人生就該走到盡頭。

但是他卻活了下來，十分不堪地活了下來。

在使用那招之前，阿吉早就已經有了覺悟，所謂的代價，不就是刀子一抹血流盡，一命嗚呼。

但是他絕對沒有想到，竟然會是這樣，像個皓呆一樣，遊蕩在人間。

活著，但是卻不堪。

抬頭看著頑固廟的三樓，那個男人在自蝕之後，一躍而下，襲擊警方的那景象，還烙印在阿吉的腦海中。

阿吉知道這就是所謂的自蝕之力，跟鬼一樣的自蝕之力。然而此刻浮現在阿吉腦海的，卻是自己師父那扭曲的臉孔。

跟自己的師父呂偉道長對比，那個中年男子差得很遠，他肯定還沒有進入那條通道，那條被無偶道長稱為「極道」的究極之路。

不過即便如此，阿吉知道，如果他可以自蝕到這種地步，那麼教他的人，肯定可以到達那條極道。

如果是這樣的話，或許，自己還苟活在人世間，就是為了這個？

明月之下，阿吉彷彿感覺到，一條全新的宿命之路，又緩緩地浮現在自己的眼前。

第2章．交錯的命運

1

為了可以多少抵抗一下那個強大的阿吉，曉潔與亞嵐決定幫助鍾家續，盡可能多收服一些鬼魂。

於是在亞嵐的建議下，三人選擇了曾經有民眾目擊過紅衣小女孩的登山道，沒想到還真遇上了紅衣小女孩。

靠著天時、地利、人和，兩人聯手幫助鍾家續，收服了實力遠遠超過三人的紅衣小女孩。因此現在的鍾家續，比起在月下決戰對抗逆妖之前，說不定還要厲害才對。

對鍾家續來說，在月下決戰前，擁有從父親鍾齊德點頭願意讓自己出門闖蕩後，一路慢慢蒐集到的符咒，雖然其中缺少像紅衣小女孩這樣強大的靈體，不過基本上，低階的靈體大部分都已經順利收服，可以說是有相當扎實的根基。

相比之下，雖然這趟收到了比想像中還要多的靈體，力量也更為強大，不過有點過於重複，缺少變化，使用起來說不定比先前還不順手。

在旅館裡面，三人聚集在房間，鍾家續清點了一下先前三人上山時收穫的符。從最後的成果來說，這次上山，絕對可以算是成功。在清點的同時，鍾家續也在腦海裡，模擬著各種情況，如果是基於手中這些符，到底可以對付阿吉到什麼程度。

當然，有了這些符之後，鍾家續也等於有了很多可以對抗阿吉的辦法。

不過，這些符終究還是有它們力量的極限，甚至可以說，如果不好好利用，把該用的符用在該用的地方，就沒有辦法真正發揮出每個靈體的實力。

因此，鍾家續需要規劃一下，到底該怎麼樣使用，才能將手上這些符，發揮出最強大的力量。就好像是在玩十三張的賭客一樣，鍾家續拿起了符，考慮著該怎麼樣排，才能夠贏對方最多。

看著這樣的鍾家續，讓曉潔跟亞嵐不禁互看了一眼，臉上浮現出狐疑的表情。

「你現在是在玩牌嗎？」亞嵐笑著問。

亞嵐會這麼說，是因為鍾家續的模樣真的很像。

不過聽到亞嵐這麼問，鍾家續竟然點了點頭，面無表情地說：「其實要這麼說也是可以……」

鍾家續抽出了自己手上的四張符，然後把它攤在桌上。

兩人看了一下，在鍾家續的解說之下，才知道這四張都是收有縛的符，不過種類有兩張是縛妖，至於縛靈跟縛魔則各一張。

「以縛來說，」鍾家續說：「這四張都是縛，不過如果是照著靈、妖、妖、魔這樣四張為順序下去，就能產生類似絕對束縛，不管是人還是鬼，都會被這四個縛緊緊扣住，一段時間內陷入無法動彈的情況。」

聽到鍾家續這麼說，亞嵐眼睛都亮了。

「當然，」鍾家續說：「實際上可以束縛對方多久，要看對方的實力而定，不過不管多強大的對手，都不可能完全沒有任何影響，至少絕對可以讓對方動作變得遲鈍很多。」

鍾家續的解說，讓亞嵐瞪大了雙眼，因為連續用四張符就可以出現強大許多的效果，光是這點就讓亞嵐覺得實在是酷斃了，感覺好像真的跟鍾家續說的一樣，跟打牌沒什麼兩樣，除此之外，四個靈體的組合，可以讓效果大幅上升，那種感覺就好像在玩卡牌遊戲一樣，丟出一張底牌，再覆蓋幾張卡片，就可以增加或強化效果，讓愛打電動的亞嵐雙眼瞪得好大。

「除了這個之外，」亞嵐興奮地問：「其他也有類似這樣的組合嗎？」

「當然有，」鍾家續說：「而且變化之多，光是目前已知的情況之下，就已經多到我常常都會忘記了，更別說其實應該有更多組合我們到現在都還沒有發現。」

這就是鬼王派最大的驕傲，在御鬼方面的博大精深，其實遠遠超過了本家所能想像的範圍，因此鍾家續在說的時候，臉上也不免浮現出略顯得意的表情。

「好酷，」亞嵐一臉羨慕：「感覺就好像卡牌遊戲一樣。」

鍾家續點了點頭。

接下來鍾家續也解釋了幾個不同的組合，兩人這下也明白，鍾家續剛剛會那麼難以抉擇，其實還真的就像是在玩撲克牌十三張一樣，在有限的鬼符之下，需要規劃一下才能發揮出最有效的力量。

除此之外，還必須考慮到戰局可能的變化，調整一下自己使用鬼符的順序。

這對鍾家續來說，恐怕才是真正的考驗。

畢竟這些過去對鍾家續而言，就只有理論上的狀況，根本沒有真正練習過。過去的他，除了沒有足夠的靈體，也沒有可以用來練習的對象。

因此真正用這些符鬼來應戰，鍾家續的經驗可以說是少之又少。

即便在先前跟米古魯兔合作的時期，由於手上的符也不多，因此大部分的時間都是親自對抗這些靈體，鮮少會用到手上的符鬼。

現在實際上雖然有了這些符鬼，但是如果真的要跟阿吉對壘的話，可能鍾家續還要練習一下快速召出這些組合的鬼魂，畢竟阿吉不可能好好站在那裡，等待著自己慢慢召出這些鬼魂。

所以鍾家續希望自己可以多少先整理一下，事先排出可能會用到的組合放在一起，這樣在實戰的情況之下，比較不會手忙腳亂。

不過就是因為這樣，現在鍾家續也很苦惱，到底該用這些符組出什麼樣的組合，才能夠將這些鬼魂發揮出真正最大的效益。

在苦惱了好一陣子之後，發現確實還是缺了很多可以應用的鬼魂，這邊缺一個餓妖，那邊缺一個屍魔，才能真正組成有效的組合。

「那就去多抓一些就好了嘛。」亞嵐下了這樣的定論。

確實，與其在這邊傷腦筋，還不如多抓點符鬼來得實際。

鍾家續打了通電話給前幾天造訪並且下訂的符紙店家，得知自己下訂的符紙已經到貨了。

既然符紙已經到了，鍾家續二話不說，立刻離開旅館，前往店家領取符紙。

雖然已經再三解釋，自己真的不是拿來玩的，不過老闆娘還是一臉狐疑地將符紙交到鍾家續的手上。

沒多久，鍾家續就帶著大量的符紙回來。

他打算先清點一下符紙，但才剛拿出來就讓他忍不住搖頭。

每張黃色符紙的後面，都印著紅色的字體「金泰山印刷製紙廠印製」。

看起來應該就是這符紙的製造廠商，雖然說字體小小的，不過那感覺真的挺糟的。

「這也太爛了，」鍾家續看著那排字體翻了個白眼：「有必要這樣嗎？」

雖然說這應該也無損符紙的效力，不過看起來就很討厭，是有沒有那麼需要宣傳，就好像在白紙上面，寫著印刷廠或造紙廠的名字一樣。

看到這一堆符紙都印上了這個紅字，讓鍾家續不免有點後悔，當時真的應該立刻趕回台北，至少他家裡的符紙，以及他們家長期合作的廠商，不會在符紙後面印這些有的沒有的東西。

不過現在也沒有多餘的時間讓鍾家續好好挑剔了，既然買了，能用就用吧。

因此稍微抱怨一下之後，鍾家續立刻開始準備工具，準備先寫一些常見的靈體，進行一些前置作業。

而就在鍾家續寫符的同時，亞嵐與曉潔也在鍾家續旁邊，討論著接下來到底該去哪裡比較好。

畢竟，現在有符了，缺的就是地點。

「旅館……好像也不錯。」亞嵐看著房間說。

「嗯？」

「妳記得前陣子的新聞嗎？」亞嵐問兩人：「就是一對香港情侶來台灣，結果好像是吵架之後，男友在旅館把女友給殺害之後，用行李箱裝著女友的屍體，搭捷運到淡水棄屍的事情。」

當然，這是幾天前最轟動的新聞，曉潔跟鍾家續當然很有印象，三人甚至一度曾經討論過。

當時亞嵐就問過兩人，在這種情況之下，會不會特別容易成為鬼魂，滯留在旅館裡面。

「有可能，」鍾家續當時回答亞嵐：「不過還是要看當時的情況，不是所有被人殺害，情緒激昂的靈體，在被殺害後，都會形成我們所謂的一百零八種靈體之一。」

「不過……」一旁的曉潔摸著下巴說：「只要發生這種殺人命案，先不要說當事人了，光是那個地方，多少也會受到影響。」

這是當時兩人跟亞嵐說的話，因此現在亞嵐提到了那起命案，兩人也知道亞嵐的意思。

「不過如果沒有記錯的話，」曉潔說：「應該是在台北才對。」

「當然不是說那一間啦，」亞嵐笑著說：「我的意思是，旅館不是常常有些詭異的事情嗎？像是我先前給你們兩個人看的藍可兒事件，就是在美國一間旅館發生的，而且聽說那間旅館，還不只發生過這件事情。」

前幾天因為鍾家續突然把亞嵐跟曉潔帶到天台，讓亞嵐感覺到極度不安，作為不甘願的報復，最後亞嵐強迫兩人看了藍可兒事件的影像。

雖然說兩人對於藍可兒可能遇到的靈體有些不同的看法，不過大致上也認為，這個事件的確很有可能是靈體作亂。

「可是……」曉潔皺著眉頭說：「這不就跟先前我們討論過的那些失火或者是曾經發生過慘案的地方一樣？重點可能是沒有辦法可以好好進去抓鬼。」

「是啦，」亞嵐側著頭說：「不過旅館不太一樣，我們可以住進去啊，如果真的要抓鬼的話，也可以在房間裡面進行，有可能不會驚動到其他人。」

聽到亞嵐這麼說，似乎也真的可行，因此就連鍾家續都停下了手上的寫符工作，看向亞嵐。

「不過我們如果連進都沒進去飯店裡，」鍾家續說：「怎麼知道哪間房間有問題？要讓櫃檯給我們鬧鬼的房間，跟去向大樓管理員商量其實是差不多的事情。」

「當然不要問櫃檯啦，」亞嵐笑著說：「我跟曉潔可以先住進去，然後行李放了之後，稍微調查與測驗一下，確定哪間比較可疑，然後鍾家續就可以指定房間住進去啦。」

說到這種事情，亞嵐確實有高人一等的才華，總是可以想到一些很實用的方法。

鍾家續摸著下巴考慮了一會之後說：「聽起來似乎很可行。」

「對吧！對吧！」亞嵐一臉得意。

既然決定好了接下來的目標，鍾家續低下頭，繼續寫符。

當然對於亞嵐與鍾家續所說的話，曉潔沒有什麼意見，不過自從上次被鍾家續帶上屋頂之後，那個景象就一直讓曉潔感到在意。

「在這之前，」曉潔說：「我們可以先去一個地方看看嗎？」

「哪裡？」

「……頑固廟。」

聽到曉潔這麼說，鍾家續又再度停下了手，抬起頭來看著曉潔。

當然，不用曉潔多說，其他兩人也知道，曉潔會這麼提議，就是因為那團紫霧。

不過頑固廟的事情，就連鍾家續也知道，不只有現在上空籠罩著紫霧的狀況，就連不久之前，發生過滅門血案，還有那個地方就是本家的發源地等等的事情，鍾家續也知情，甚至可能比曉潔還要清楚。

「不知道為什麼，」曉潔沉著臉說：「我對那天看到的景象有點在意。」

當然在意的人絕對不只有曉潔，就連鍾家續也感興趣，更不用說亞嵐了。

那團只有開眼之後，才會看得到的紫霧，絕對有問題。

雖然說，那樣的景象，不見得代表底下一定有妖魔鬼怪，不過去看看能不能搞清楚那團紫霧是怎麼回事，似乎也是不錯的建議。

其實說穿了，可以遠離阿吉，盡可能延緩三人回到台北的時間，似乎已經成為三人不用多說的默契了。

於是，三人便決定，等鍾家續寫完符之後，先去頑固廟，然後再回來看看能不能找到適合的旅館，繼續三人的蒐集符鬼之旅。

2

頑固廟位於台南市郊，雖然不算太偏僻的地方，不過整體來說，東北方就是山脈，已經可以算是台南市鎮的邊緣，再往東過去就是山上了。

因此附近的景色雖然不算荒涼，不過交通不算便利，就連公車都只有一兩班可以到附近，下車後，還需要走一小段路，才能到達頑固廟的大門。

幸好頑固廟也算是當地知名的廟宇，稍微上網 Google 一下，就可以找到公車班次與路線。由於完全不清楚頑固廟那邊是什麼狀況，因此三人還是等到鍾家續準備好符之後，才出發前往頑固廟。

時間差不多接近中午，三人搭乘公車，朝頑固廟而去。

沒多久，三人就來到頑固廟附近，但才剛下車，他們就感覺到不太對勁。

頑固廟的附近，雖然有房子包圍，不過從房子之間的巷道，多少都能看到一些頑固廟的樣貌。

透過巷道隱約看到的頑固廟，好像很熱鬧。

到了附近，對記憶力很好的曉潔來說，也算熟悉了，她帶著兩人，一路走向頑固廟，穿過巷子，三人終於來到通往頑固廟大門的路，不過三人也立刻被眼前的景象嚇了一跳。

原本透過一些隙縫看進去，大概知道頑固廟前聚集著一些人，不過現在看清楚才知道，這人潮還真不是普通的多。

一群人圍繞在頑固廟外的馬路上，雖然離頑固廟有一段距離，不過頑固廟前也是人來人往。在人潮聚集的旁邊還可以看到一些採訪專用的新聞車，不過這些都比不上停在頑固廟大門兩旁的警車陣仗。

那些在大門進進出出的警員，透露出一個明確的訊息，那就是——出事了。

附近的居民也正因為這樣才會聚集在封鎖線外，對著頑固廟指指點點。

三人加入人潮，多少也想要看看頑固廟裡面到底發生了什麼事。

原本還煩惱著到底該怎麼得知裡面的情況，想不到才剛靠過去，就聽到了幾位民眾在七嘴八舌地討論著。

「哎唷，聽說又死人了。」

「是喔？可是那間廟不是已經空好一陣子了？」

「阿災，聽說是小偷，進去廟裡面偷些東西。結果兩人好像起了爭執，應該是為了分贓的事情，一言不合就打了起來。」

「沒，我聽到的不是這樣，是啦，是小偷啦，不過應該是卡到陰。」

「當然會卡到陰啊，這是廟耶。真是不敬。卡到陰只是剛剛好而已啦。」

「聽說是其中一個殺了另外一個，然後衝出來，警察趕到了，他還攻擊警察，結果被警察開槍打死了。」

聚集在封鎖線外看熱鬧的居民，七嘴八舌地討論著案情，讓三人才靠過來，就立刻獲得這些人待在這裡看半天才得到的所有資訊。

不過這些資訊中，到底有多少是正確的，讓人存疑。

因此聽了一陣子之後，亞嵐向曉潔示意自己想去附近別的地方看看，然後離開了主要包圍著道路邊的人潮，朝頑固廟的另外一側走過去。

被封鎖線包圍的部分，大致上來說只有大門口附近一定範圍的地方，畢竟頑固廟四面都有牆壁，不需要特別圍起封鎖線也有自然的屏障。

亞嵐有意無意地繞著頑固廟，想要看看有沒有什麼比較不一樣的狀況，或者在沒有人群聚集，看不到的地方，可以多少看到一些別人沒發現的線索。

這麼想著的亞嵐，繞著頑固廟的外牆，腦海裡突然浮現出，如果有個猴死囝仔這時候不知道裡面發生的事情，翻牆過去的話，恐怕會被裡面的陣仗嚇到，接著立刻被警察抓起來吧？

會這麼想就是因為，在么洞八廟的時候，曾經聽何嬤說過，小時候的阿吉就是這樣的小鬼，不管么洞八廟有沒有開放，他總是會偷溜到廟裡面玩，甚至翻牆進去也在所不惜。

如果現在也有個像阿吉一樣的小鬼頭，在不知情的情況下翻牆進去，肯定會被裡面的警察嚇到屁滾尿流，說不定這輩子都不敢亂爬牆了。

就在這樣胡思亂想的同時，亞嵐發現自己已經繞過了頑固廟，重新回到廟門前，那熟悉的封鎖線，又再度出現在眼前。

比起另外一邊來說，這邊由於是通往山區的道路，過去之後沒什麼住家，因此沒有多少人聚集在這邊。只有幾輛警車，停在封鎖線的旁邊。

原本繞了一圈，好奇想要看看有沒有什麼其他別人沒有看到的線索，但是卻一無所獲。正準備繞過封鎖線，回到前面跟曉潔與鍾家續會合的時候，經過了一輛警車，亞嵐突然注意到了車子裡面，坐著一個人。

順勢看了裡面那個人一眼，不看還好，一看之下整個人心跳確實漏了一拍，只差沒有倒抽一口氣。

雖然亞嵐的記憶力沒有很好，不過此時距離兩人見面才不過一兩個禮拜的時間，因此亞嵐確定自己應該沒有認錯。

那個坐在警車上，愣愣看著前方的男子，正是阿吉。

原本前一天三人還在想，至少三人距離阿吉這個恐怖的魔王，有幾乎半個台灣遠。可是作夢也想不到，雙方之間的距離竟然會這麼近。

望著阿吉愣了一會的亞嵐，心知不妙，立刻衝回兩人身邊。

就在亞嵐慌張地跑回來，準備把這個天大的消息告訴兩人之際，曉潔突然拉著兩人，一起朝後面退去。

因為在亞嵐回來的前一刻，曉潔一直盯著頑固廟的大門，看著那些警員忙進忙出的景象，突然，一個身影從頑固廟的大門走了出來。

那個身影不是別人，正是曾經到過么洞八廟，在月下決戰的時候，跟著阿吉一起出現在三人面前的女子——鄧玟珊。

雖然不知道女子的名字，不過曉潔的記憶力很好，一眼就認出了那名女子。

於是曉潔拉著鍾家續立刻退出人群，以免被對方看到，同時也剛好遇到了亞嵐，三人二話不說，立刻頭也不回地離開了頑固廟。

3

當年頑固老高等人的滅門血案，雖然新聞有報導，但關於內容卻是十分輕描淡寫。

一方面當然是擔心造成社會恐慌，另一方面也是因為案件本身的特殊性，才讓整起事件受到控制，並沒有受到大眾的矚目。

三人回到旅店，第一件事情當然就是先打開電視，原本還擔心新聞沒有報導，不過等了一會之後，就看到了新聞的相關報導。

「好的，」電視機裡的主播說道：「接下來是一起社會新聞，昨日凌晨台南市警方夜間巡邏的時候，經過了一座廢棄的廟宇，發現裡面竟然有燈光，因此上前盤查，沒想到竟然是幾名毒品通緝犯，躲在廢棄的廟宇裡面進行毒品交易。然而當員警準備進行盤查，歹徒突然襲擊員警，造成一名員警重傷，目前還在加護病房觀察中，而警方最後也開槍，當場擊斃了這名兇狠的毒犯。」

三人轉了幾台新聞台，報導的內容都大同小異，大致上來說大概都是警方巡邏，剛好發現兩名歹徒疑似在頑固廟裡面進行毒品交易，後來起了爭執，其中一方殺害了另外一個人之後，正準備逃離時，撞見巡邏的員警，雙方發生衝突，歹徒襲擊員警，員警這邊開槍將歹徒擊斃。

整體來說，看起來算是一則常見的報導，沒什麼太大的疑問，不過真正讓三人不解的是，怎麼想都沒辦法跟阿吉連上線。

如果不是亞嵐親眼目睹阿吉在現場，這則新聞壓根不會吸引到三人的注意。可是光是看報導，也很難了解事情到底是怎麼一回事，畢竟新聞完全沒有提到跟阿吉有關的事情。

「會不會剛好就只是因為在頑固廟，」鍾家續推論：「所以警方唯一可以聯絡到的人就是阿吉，所以阿吉才會出現在那邊。」

這樣的推論聽起來似乎很合理，不過仔細想一下就破綻百出。

首先，如果警方可以聯絡得到阿吉，那麼那位陳檢察官，應該也不會找上自己，只要找到阿吉，就可以知道許多就連曉潔都不知道的事情。

另外一個比較不合理的地方就是時間，就報導所說，事情是發生在昨天深夜，就算跟阿吉取得聯繫，阿吉從台北趕下來台南，時間來說有點太緊湊了。

聽到兩人提起阿吉，亞嵐也想起了當時在頑固廟外，看到阿吉坐在警車上。

不過對亞嵐來說，她比較在意的是，當時看到阿吉的景象。

總覺得那時候的阿吉，看起來就是有種說不出的怪。

如果不是後來曉潔那邊，剛好也碰到了那個跟阿吉一起出現的女子，說不定亞嵐會拉著曉潔去確定一下。

雖然說，如果阿吉是嫌犯的話，在被警方逮捕的情況，很可能真的會嚇傻，不過如果是嫌犯的話，又怎麼會在沒有警員看守的情況之下，坐在前座呢？

因為讓亞嵐真正感覺到奇怪的地方，還是那時候阿吉的神情，怎麼看都感覺似乎有點呆滯，跟她印象中的阿吉有點不太一樣。

除此之外，還有另一個地方讓亞嵐覺得奇怪，那輛車子就停在她的前面，自己看到阿吉時，照常理來說，車裡的人也應該會看到自己才對，換句話說，當自己探頭看著對方時，應當也會吸引到阿吉的目光，把視線轉過來，兩人應該會四目相對才對。

不過，當時的阿吉卻是愣愣地看著前方。

尤其是那神情真的有種說不出的怪，跟阿吉那天在月下決戰那帥氣又威風的模樣，完全不一樣。

因此，亞嵐也是看了好一陣子，才認出是阿吉。

當然後來曉潔看到了那個跟在阿吉身邊的女性，讓亞嵐確定，那個人就是阿吉，不過現在回想起來，亞嵐還是覺得當時的阿吉怪怪的。

然而，關於看到怪怪的阿吉這件事情，亞嵐還沒有找到時機可以跟兩人分享。

既然已經確定阿吉人在台南，那麼對三人來說，最大的問題，還是在於阿吉與那女子為什麼會出現在這裡。

當然如果不要把曉潔等人考慮在裡面的話，阿吉出現在頑固廟外，似乎不需要太驚訝，雖然說那些跟阿吉有關係的人，都已經過世了，不過頑固廟終究還是鍾馗派南派的重鎮，因此身為鍾馗派的阿吉會出現在頑固廟外，姑且不論他的用意是什麼，似乎不需要感覺到太過於意外。

問題就在於時間點，加上曉潔等人剛好又在台南，情況就讓人感覺到有點不對勁了。

「會不會阿吉本來就一直跟著我們？」鍾家續說出了大家心中的懷疑。

這個推論絕對是合情合理的，畢竟月下決戰之際，就是阿吉追上三人之後，引發的一場大戰。甚至鍾家續一度也曾經懷疑過，阿吉之所以放過自己，會不會實際上，就是為了暗中跟著自己找到更多鍾家的人。

這樣的想法一直到了知道自己的父親鍾齊德的死訊之後，才真正放下來。因為自己已經是最後一個鬼王派的傳人了，就算阿吉真的偷偷跟著自己，似乎也沒什麼其他的人可以找到了。

對於鍾家續的這個懷疑，儘管曉潔跟亞嵐不知道有什麼辦法，可以這樣跟蹤三人，不過也沒有什麼太大的意見。

就曉潔所知，在口訣裡面，確實有些可以追蹤人的技巧，不過多半都需要一些條件才可以，像是被靈體鎖定的狀況下，而追蹤的原理就跟靈體如何鎖定人一樣。如果不是這樣的情況之下，不太可能可以這樣直接追蹤人。

對此，鍾家續倒是提供了一點可能性的辦法。

「雖然阿吉不是我們家的人，」鍾家續說：「不過在我們家確實有辦法可以這樣追蹤人，只要我們下印，基本上是可以利用我們控制的符鬼，來進行追蹤。只要成功，就可以追到天涯海角。除非那個符鬼被發現或者是被消滅，不然理論上，可以一直掌握著那人的行蹤。」

不過就像鍾家續自己說的一樣，阿吉並不是鬼王派的人，所以應該也不是用這樣的方法來追蹤三人。

「如果是這樣的話，」亞嵐說：「那我們不就可以用這樣的方法，來追蹤阿吉了？」

「理論上可以，」鍾家續皺著眉頭說：「不過要是被阿吉知道了，他只要消滅那個符鬼，一樣可以擺脫我們的追蹤，另外要對他下咒，也不是件容易的事情，尤其是阿吉的功力那麼高，實在很難想像有什麼符鬼可以靠近他，而不被他發現的。」

聽到鍾家續的解釋，讓亞嵐覺得有點遺憾，這時在旁邊不發一語的曉潔，突然開口了。

「這樣想似乎有個不太對的地方，」曉潔說：「跟我們前面說的一樣，如果是警方通知阿吉的話，以時間來說，應該沒有辦法那麼快趕到才對。同樣的，你們還記得嗎？如果阿吉真的是跟著我們三人，理論上應該是跟著我們到台中，畢竟我們是從那裡上山的，他如果沒有跟著我們上山，就應該會在山下等著才對。」

經曉潔這麼一說，兩人也想到了，確實三人會來到台南，也算是一場意外。如果阿吉真的鎖定了三人的行蹤，一路尾隨的話，應該不會在那麼短的時間內趕到。

「問題就在於，」曉潔接著說：「我們因為紅衣小女孩的關係，才會到台南這邊。在這種情況下，就算阿吉還能追蹤我們，應該也沒有那麼快到才對。」

確實三人會在台南，不只不是三人原本的計畫，還是因為紅衣小女孩搞鬼才會變成如此。如果阿吉真的追蹤三人，那麼不只需要有追蹤力，還需要一點預知未來的能力，才有可能辦得到。

所以阿吉如果是跟著三人的話，應該在台中時，就會被甩掉才對，不管他用什麼辦法都一樣。

「那我們現在該怎麼辦？」亞嵐問。

「離開台南？」曉潔轉向鍾家續。

鍾家續考慮了一下，他知道不管有多少準備，雖然都可能沒有辦法跟阿吉抗衡，但如果只是希望換取一點時間可以讓阿吉願意跟三人理性溝通的話，或許還需要一些符。

「如果阿吉真的已經追蹤了我們，」鍾家續說：「不管我們逃到哪裡，他都可以追得到，所以在我看來一直逃跑，似乎也不是辦法。」

當然，曉潔多少對這個決定有點意見，如果可以的話，曉潔還是希望可以避開阿吉比較好。尤其是在她知道了阿吉動手的原因，很可能就因為小悅的死，那麼可能還需要多點時間，讓阿吉冷靜下來才有可能。

「而且，」聽到曉潔的意見之後鍾家續淡淡地說：「距離那個小女孩的死，也過了好幾個月了，這樣阿吉都沒有辦法冷靜的話，那麼就算再給他幾個月，恐怕也沒有辦法冷靜下來。現在因為暑假的關係，我們還能到處亂跑，等到一個多月後，開學了，難不成為了躲他，我得休學嗎？」

「我的意思是，」曉潔說：「不是單純避著阿吉，而是想說如果可以的話，我們可以先準備好一些證明。」

「什麼證明？」鍾家續問。

「證明你不可能是殺害小悅的兇手。」

聽到曉潔這麼說，鍾家續沉下了臉。

「這似乎也不對吧？」亞嵐幫鍾家續抗議：「按理說，應該是阿吉那邊有證據指控鍾家續，鍾家續才需要提出反證啊。」

當然亞嵐說的，曉潔也不是不知道，不過光是那由內而外爆開的胸腔，確實已經是個足夠懷疑鍾家續的證據了。

「我知道，」曉潔說：「但是光是小悅那個傷口……」

曉潔點出了問題所在，同時也衍生出另外一個嚴重的問題。

「就算我們都相信，」曉潔接著說：「也就算我們都知道，鍾家續不是兇手，但是如果不能找到其他跟鍾家續手法一樣的兇手，就只能朝這條路走了，不是嗎？」

「同樣的問題，」鍾家續說：「我們已經討論過了，我真的不知道除了我之外，還有沒有其他人，不過……」

鍾家續沉吟了一會，說：「如果是這樣的話，我們不就更應該留在台南嗎？畢竟那個小女孩，就是在這裡被人殺害的。要找證明或線索的話，不是這裡更適合嗎？」

聽到鍾家續這麼說，就算是曉潔，也沒有話說了。

「那如果阿吉真的找上門呢？」亞嵐問。

「我們也只能盡力請他冷靜一下了，」鍾家續望向桌上那些收到的符：「現在也只能走一步、算一步了。」

鍾家續知道，如果可以再多收一點符的話，那麼至少絕對不會像上次月下決戰那樣，連讓阿吉冷靜下來說幾句話的機會都沒有了。

雖然說就目前的情況看起來，這個決定沒有什麼太大的問題，畢竟如果阿吉在這種情況下還能追蹤得了三人，那麼不管三人怎麼逃，恐怕也逃不出他的手掌心。那麼不如好好先做好眾人一開始的計畫，如此一來或許真的還有點機會，可以跟阿吉對抗一下。

只是鍾家續不知道的是，這個決定會將自己推向另外一個更恐怖的深淵，一個很可能讓他完全無法翻身的深淵。

4

在警局那邊將一切事情交代清楚，警方也接到了陳憶玨的電話，所以也沒有為難阿吉與玟珊，在問完話後，就讓兩人離開，玟珊便帶著阿吉離開了警局。

趁著這個機會，玟珊帶著阿吉回到了熟悉卻讓人心碎的鄧家廟。

兩人自從踏上了復仇之路後，一直沒有什麼機會回到這個家，如今趁著待在台南的空檔，玟珊帶著阿吉，回到了這個久違的故鄉與廟宇。

在警方趕到現場，並且擊斃了那名歹徒之後沒多久，阿吉就重新陷入失神的狀況，警方那邊雖然有無數的問題，不過最後還是靠著陳憶玨的一通電話，解決了大部分的問題。

最後警方那邊，只簡單問了一下玟珊的口供之後，就放兩人回家。

即便如此，兩人還是一直搞到了下午，才重新踏入這座許久沒有回來的鄧家廟。

然而迎接著兩人的，卻是滿地的落葉，與空蕩蕩的環境。

雖然說村子裡面的人，在這段時間，還是多少有人會來廟裡稍微整理一下環境。但是前庭的落葉只要幾天沒有掃，就會像現在這樣，幾乎滿地都被落葉佔據。

所以回家後，稍微休息一下，玟珊便動手稍微打掃一下環境。

畢竟不管再怎麼說，這裡都是自己的家。剛好在這段時間，也可以等待阿吉的清醒。

打掃好環境後，玟珊出門去買了兩人的晚餐回來，簡單地吃完晚餐，又繼續等著阿吉甦醒。

在月光的照射下，阿吉緩緩地回過神來，然後腦海裡，開始像是快轉般，播放著白天所聞所見的一切景象……接著阿吉臉色突然一沉，瞪大了雙眼。

「那個女孩……」阿吉喃喃地說。

腦海裡面浮現的是早上坐在警車時的景象，一個身影出現在車窗外面，雖然說阿吉的視線並沒有轉向那個身影，不過靠著長年練就出眼角餘光觀察東西的技巧，還是清楚分辨出那個身影的臉。如果是其他一般人，在視線沒有對準的情況之下，要認出任何人都有點難度，不過這可是阿吉的絕活啊。另外連記憶力也是阿吉的拿手項目之一，因此阿吉立刻認出來，那女孩確實就是在月下決戰之際，站在曉潔身邊的女孩。

除了認出女孩之外，從對方臉上的表情，也可以確定，對方也認出自己了。尤其是那女孩落荒而逃的影像，更是深深烙印在阿吉的腦海之中。

如果真的是如此的話，那麼阿吉最擔心，也最糟糕的事情終於發生了。

「……他們看到我了。」阿吉沉痛地說。

「他們？」玟珊問。

「對，」阿吉沉重地說：「曉潔他們。」

「啊？」玟珊一臉訝異：「今天看到的？他們也在台南？」

「嗯。」阿吉點了點頭。

「在哪裡看到的？」

「頑固廟前，」阿吉說：「那時候我坐在警車裡。」

阿吉把腦海中當時的情況告訴了玟珊。

「雖然沒有看到曉潔，」阿吉補充說：「不過那女孩認出我之後，轉身跑走的樣子，就好像是去跟人通風報信一樣，所以我相信，曉潔應該也在附近。」

雖然說還不能確定，對方是不是真的光是看了這麼一眼，就知道自己的狀況，不過當時的自己，那失神的模樣，終究還是被對方看到了，如此一來，對方能不能推論出來，就是他們的問題了。

然而讓阿吉更加在意的，還是三人會出現在台南這件事情。

他們的出現真的是巧合嗎？就連阿吉都不得不這麼問了。

原本還以為，那些襲擊的人跟鍾家續沒關係，不過現在看起來，可能需要重新評估了。畢竟前一天才在頑固廟裡面遇到那兩個鬼王派的傢伙，今天早上又看到那女孩在現場東張西望。

就算是阿吉再怎麼相信曉潔，再怎麼理性推估，鍾家續跟他們不一樣，也無法再繼續這麼想下去了。

這些情況來得很突然，因此阿吉一時之間難以消化，這樣的情況到底是怎麼回事？他們如果是一夥的，那個鍾家續到底是扮演什麼樣的角色？

這樣的疑惑，不知道為什麼讓阿吉想起了那個傳奇，海賊道長鍾九首，鬼王派利用這樣的伎倆來迷惑他人，已經有前例了。不過，這也是讓阿吉百思不得其解的地方之一。鍾家續靠近曉潔，目的就是迷惑曉潔，怎麼想都不太合理。

當年為了對付鍾九首，鬼王派曾經重金請來七名強大的刺客，個個都是當代首屈一指的高手，其中或許有些人根本不在乎鬼王派的賞賜，純粹只是想要跟鍾九首交手，證明自己的強大，不過最後都被鍾九首打倒，也因此留下了呂偉道長最喜歡的那段「府城七決」的故事。

就因為九首的強大，才讓鬼王派無計可施，不得已用上那種辦法。

問題是光是昨天晚上的那名中年瘦子，連自蝕都可以了，要對付曉潔，只要大剌剌走進么洞八廟，就可以成功了。

殺雞焉用牛刀，大概就是這樣的概念，因此阿吉十分不解。

眼看玟珊一臉疑惑地望著自己，阿吉把自己的想法告訴玟珊。

玟珊聽了之後，點了點頭，確實，如果為了迷惑曉潔，有點太多此一舉了。

「那麼會不會是為了離間你們師徒？」玟珊這麼說。

乍聽之下，確實很有道理，不過轉念一想，阿吉搖搖頭。

「你還記得昨天我們躲在窗戶外面聽到那些人的話嗎？」阿吉說：「他們稱我為漏網之魚，所以理論上應該不知道我的存在，或者應該說不知道我是誰，說要離間我們，似乎也不太合理。」

確實，這些年就連曉潔都不知道阿吉還活著，鬼王派的那些人應該更不可能知道。更何況光是在阿吉失蹤的這幾年，他們就足以殺害曉潔好幾次了，相信曉潔也沒有辦法抵抗才對。

雖然還沒能理出一個結論，不過阿吉非常清楚，在一切解決之前，自己絕對不能再跟曉潔見面了。

因為現在的她，比起可能是個無辜的第三者來說，更接近敵人。

兩人經過了前一晚在頑固廟的慘案，又度過了徹夜的偵訊，即便中間有點休息的時間，也只是在警局的桌子稍微趴著睡了一下。

所以即便覺得現在有點風險，不過兩人也只能在鄧家廟度過一夜之後，明天再趕緊回到台北。

在玟珊去洗澡的時候，阿吉來到了前庭，仰望著天上的月亮。

如今的自己，多虧了這些月光，才能夠得到片刻的清醒。

回想這整起事件，或許，還有點可能就是在頑固廟時，自己跟玟珊說過的那樣。

鍾家續終究只是一個誘餌，刺在魚鉤上的蚯蚓，引誘著本家這邊對他出手。

如今鍾家續也出現在台南，或許就是從一個無辜不知情的誘餌，變成一個明知自己的悲哀，卻還是乖乖認命的誘餌，如果是這樣的話，鍾家續的態度似乎也不太合理。

因此一時之間，就連阿吉也不知道到底該怎麼想，是該相信自己看到的？還是相信自己的感覺？

然而不管對方的企圖是什麼，對阿吉來說，目標都沒有什麼改變，他們終究還是需要查出殺害眾人的兇手。

現在還算是敵暗我明的階段，一切還是需要小心為上。

站在前庭，看著散落一地的落葉，腦海裡不自覺地浮現出鄧秉天掃地的模樣。藍白拖加上無袖白內衣，然後轉過頭來看到自己的時候，總是有種說不出的哀怨。

「為什麼你這個皓呆連地都不用掃，我一個做人家老爸跟一廟之主的人，得要在這邊掃地？」鄧秉天總是這樣對阿吉說。

想起了鄧秉天的同時，阿吉也想到了那一夜，鄧秉天就倒在這裡，雖然說這些日子鄧秉天對阿吉不能算好，但是感恩之心，還是在阿吉的心裡。

如果不是他，阿吉知道自己的處境只會更慘。

這也是兩人會踏上復仇之路的主因，不只為了小悅，同時也為了鄧秉天。

但是，就連阿吉也不免懷疑，如果曉潔真的在無意之間，成為了這些鬼王派的幫兇，這個仇自己到底該怎麼報。

仰望著月亮，阿吉也只能希望，曉潔就像自己兩年多前所期望的那樣，可以明辨是非，謹守自己的信念。因此在還沒有絕對的證據顯示曉潔確實跟這些命案有關之前，阿吉還是願意相信曉潔。

至少阿吉知道，如果是以前的曉潔，絕對不可能跟殺害小悅的人，有半點瓜葛。尤其是小悅也算是她的救命恩人，兩年多的光陰，也不可能將人徹底變成這樣的畜生。

現在的阿吉確實是這麼想的。

就只怕曉潔在不自覺的情況之下成為了幫兇，到時候，就算自己不動手，恐怕曉潔自己也會內疚至死吧。

明天兩人就會回去台北，阿吉希望，至少在整個事件明朗之前，自己不會再遇到曉潔與鍾家的那個小鬼了。只是就連阿吉自己也知道，這樣的希望恐怕也只是一廂情願的想法。

他可以感覺得到，一條名為宿命的路，正把大家推向那個沒有任何人可以躲得過的風暴之中。

第3章・下次相遇之前

1

想不到阿吉竟然會就在距離這麼近的地方。

雖然說，就邏輯來說，阿吉不太可能是追蹤著三人來到台南的。

而且從阿吉坐在警車上，而曉潔看到了那個跟著阿吉的女子，又出現在頑固廟大門前，也就是封鎖線的範圍之中看起來，阿吉跟案件之間，應該有些關聯。

所以阿吉的出現很可能真的跟三人無關。

儘管如此，在這麼近的距離之下，選擇留下來，還是需要莫大的勇氣。

「與其逃跑，」鍾家續說：「不如把握時間湊些有用的符。」

這是鍾家續最直接的想法，畢竟三人根本沒辦法確實掌握到阿吉的行蹤，與其這樣不如專注在自己的想法。

曉潔與亞嵐雖然多少覺得不安，但是也覺得情況真的跟鍾家續說的一樣，不管阿吉有沒有跟蹤三人，像隻無頭蒼蠅一樣到處亂跑，然後在一個錯誤的地方，就好像當時的月下決戰一樣再遇上阿吉，對三人來說或許才是最糟糕的狀況。

所以即便覺得不安，但是三人還是決定先留在台南，看看情況，再決定下一步該怎麼做。

而這段時間裡面，三人也可以按照原定的計畫，繼續蒐集符鬼，鞏固與強化自己的力量，以備下一次與阿吉相遇所需。商量好之後，曉潔與亞嵐離開了鍾家續的房間，回到自己的房裡。

對三人來說，今天的遭遇，比起先前山上的情況，還要來得更加驚心動魄，真的沒人想到會在這樣的情況之下，再次遇到阿吉。因此決定好目標之後，真的需要好好休息一下。

兩人離開後，鍾家續坐在床頭，心情卻是五味雜陳。

雖然說留在台南是鍾家續的想法，不過這樣的想法就連鍾家續自己也沒有把握到底是對還是錯。

說實在的，一直到現在鍾家續對整起事件的發展，還是感到一頭霧水。

只要一閉上雙眼，鍾家續就能清楚想起父親鍾齊德被人殺害的恐怖模樣。

如果說那種殘忍的殺人法，就是本家的印記，那麼殺害五夫人廟女孩所留下的傷口，就是鬼王派的印記。

畢竟如果阿吉當時不是因為跟自己在C大後面，展開月下決戰的話，鍾家續一定會把阿吉列為最有可能的兇手，甚至很可能直接告訴警方，殺自己父親的人就是阿吉。

但是偏偏阿吉卻跟自己一起取得了不在場的證明，這就讓整個情況更加難以理解了。

就好像曉潔曾經跟自己說過的，自己也同樣跟曉潔說過類似的話。

如果兩人都沒有說謊的話，不管是本家還是鬼王派，應該都只剩下各自一個傳人，但是現在看起來似乎完全不是這麼一回事。

事情發展至今，已經冒出來一個阿吉了，鍾家續了解這並不是因為曉潔說謊，事實上曉潔也一直相信著阿吉已經死了，才會這樣告訴自己。不過這也同時凸顯曉潔可能不見得對本家的狀況，掌握得那麼清楚。

當時的曉潔根本就是趕鴨子上架，被委以重任，有很多事情根本還搞不清楚，加上時間有限，很多東西阿吉也只能講個大概。

再者本家長期處於分裂狀態，各派間本來就不可能完全清楚其他派的狀況。

原本這應該是鬼王派與本家之間最大的分別之處，對鬼王派來說，鍾家應該是都可以掌握得一清二楚才對，但是如今這點很明顯受到了挑戰。

一個五夫人廟的女孩，被類似自家的手法殺害了。

而且不只那個女孩，這幾年在台灣各地，陸續有不少與本家有關的人，被人用這樣的手法殺害。

這也正是鍾家續與鬼王派會被懷疑的原因。

雖然說一開始聽到這樣的情況，讓鍾家續感覺到義憤填膺，甚至認為任何懷疑自己的人，都是該死、是非不分的惡人。

但是在知道了五夫人廟的那個女孩，也被人這樣殺害時，鍾家續心境有了改變。

他現在知道，真正的惡人，不是那些沒什麼證據就懷疑自己的人，而是那個下手的人。

如果那個兇手，真的是鬼王派的人，那麼那個兇手才是真正陷自己於不義的人。躲在黑暗之中行兇，然後讓在陽光底下的自己，陷入被人懷疑的危機，不正是這個兇手造成的嗎？

同樣的，在考慮會不會本家打從一開始就有曉潔不知道的人物，殺害了自己父親鍾齊德的同時，現在鍾家續也需要考慮一下自己，是不是真的有些鬼王派的人也是自己不知道的。

雖然鍾家續從小就是鬼王派的人，對自家的狀況似乎也算了解，但是說到底大部分的事情也是父親告訴自己的。鬼王派就只剩下鍾家一家而已，也是父親說的。

如果從這個角度來說的話，自己其實也沒有比曉潔好到哪裡去。

鍾家續現在也不是那麼肯定，鬼王派是不是真的只剩下自己一個人而已了。

只是讓鍾家續不解的是，就算真的在外面還有跟自己同門的人，為什麼要避開鍾家？不讓自己跟父親知道？

如果說是為了生存，所以才跟鍾家斷了聯絡，而現在看本家衰弱，趁機冒出頭來，這鍾家續也不是不能理解。

不過如果是這樣的話，在本家發生了J女中決戰，幾乎付之一炬的同時，就可以跟鍾家聯絡了，不是嗎？

這已經是第一個讓鍾家續百思不得其解的地方了，另外一個讓鍾家續不解的地方是，就算情況真的是這樣，為什麼要動手傷人呢？

尤其是五夫人廟裡面的那個女孩，從曉潔的說法聽起來，根本就是人畜無害，完全沒有傷害她的必要與原因。

原本鍾家續還認為，這些案件很有可能是私人恩怨，但是那個女孩根本不可能跟誰有什麼深仇大恨。

這兩個就是鍾家續真的無法理解的地方，他真的不明白這麼做到底有什麼意義。

因此在得知了五夫人廟的那個女孩，很可能就是阿吉想要殺害自己的主因之後，這兩個問題就一直縈繞在鍾家續的腦海之中。

雖然說阿吉也在台南的這件事情，一時讓鍾家續忘記了這個問題，不過等到決定留在台南之後，曉潔與亞嵐回到自己的房間準備休息，這個問題又再度浮現在鍾家續的腦海。

不過跟先前一樣，不管鍾家續怎麼想，還是不能理解為什麼對方要這麼做……

就在鍾家續覺得自己可能永遠都沒有辦法理解的時候，轉念一想，一個想法就很自然地浮現在自己的腦海之中。

會不會……其實，那個兇手恨的不是本家……而是鍾家呢？

然而這個想法一浮現，就立刻被鍾家續否定掉。

不會的，如果是這樣的話，父親鍾齊德應該確實會告訴自己，畢竟……這絕對是個威脅。

而且如果恨的是鍾家，那麼直接找上鍾家就好了。

然而，透過這樣的想法，鍾家續也非常清楚，就算這個兇手不是衝著鍾家而來，至少有一點是可以確定的，那就是那個兇手根本不在乎鍾家。

2

另外一邊，曉潔與亞嵐回到房間之中，兩人沉默以對。

面對現在的狀況，不管是曉潔還是亞嵐，都不知道接下來到底該怎麼做比較好。不過不管是立場還是看事情的角度，兩人多少都跟鍾家續不太一樣。

就長遠的狀況來說，雙方的目標與想法完全一致，雙方都認為執著於過去的恩怨是件愚蠢的事，那些古老的恩怨，早就應該放下，畢竟現在不管是本家還是鬼王派，早就已經過氣，更沒有誰打壓誰的問題。

因此就最終的目標來說，雙方是一致的，其實雙方幾乎可以說是快要達成這樣的目標了。

雙方如今都已經剩下形單影隻的一個繼承人，只要曉潔與鍾家續有誠意與決心，就絕對可以成功。

偏偏這時又冒出了這麼多未知的對手，先不要說阿吉了，光是這幾年到處殺害跟鍾馗派相關人士的兇手，就已經是個很大的問題了。

現在連鍾家續的父親也慘遭毒手，而且很有可能是本家的人所為，更讓曉潔感覺到原本應該很單純又簡單的目標，一下子變得遙不可及。

事情也因為這些慘案的關係，變得有點複雜。在兇手未知的情況下，原本建立起來的信任感，不免出現了一點裂痕，畢竟事情似乎已經沒有辦法單純地用個人的信任感來衡量。

「妳真的相信鍾家續嗎？」亞嵐打破沉默，將這個深藏在心裡的問題說了出來。

這時的亞嵐也非常清楚，五夫人廟的女孩身上的那個傷口，就是源自鬼王派特有的法力，只有他們才可能會形成那樣的傷口。

而事情發展至今，光是這一點，就已經證明了鍾家續告訴兩人的話裡面，至少有一句話是錯的。

鍾家續曾經說過，鬼王派只剩下他一個人而已，也說過自己沒有殺害小悅。在這種情況之下，要嘛就是鍾家續前一句話是錯的，鬼王派不只他一個人，要嘛就是鍾家續確實是殺人兇手，兩個總會錯一個。

不過同樣的錯誤，曉潔也犯過，因為曉潔也說過類似的話，但是如今阿吉卻現身了，所以似乎也沒什麼立場去說鍾家續。一直到現在，亞嵐感覺曉潔還是願意相信鍾家續，只是跟自己一樣，搞不清楚狀況而已。

「嗯，」曉潔點了點頭說：「至少，下手的應該不是鍾家續。」

「妳這麼說，」亞嵐面無表情地說：「是有證據還是單純的感覺？」

「嗯……應該算是有經驗吧，」曉潔側著頭說：「因為我跟他交手過。」

曉潔說的，是先前在么洞八廟的時候，鍾家續因為曉潔的一句謊言，氣憤地找上了曉潔，兩人也在當下，用了魁星七式對決，當然這件事情的經過，後來曉潔也有告訴亞嵐。

「就當時的情況來說，」曉潔說：「他其中有一招確實產生過那樣的力量，不過……就算當時我沒有按壓穴道，應該也不至於會受到致命的重創。」

「嗯，」亞嵐點了點頭：「所以妳的意思是說，鍾家續還沒那樣的能力，用這樣的方法殺人就是了。」

當然，亞嵐的說法比較直接，不過這也是事實，所以曉潔也沒有否認。

「而且他跟小悅完全不認識，兩人無冤無仇。」曉潔想要這麼說，不過話還沒說出口就吞了回去。

因為轉念想想，小悅短短的大半輩子都在五夫人廟裡面，理論上來說本來就跟所有人都無怨無仇，料想那個殘忍殺害小悅的人，應該也跟小悅無冤無仇。

目前最有可能的狀況，應該就是把小悅當成鍾馗派的人。

一想到這裡，曉潔又感覺到難以置信了。

為了這些古老的恩恩怨怨，真的有必要做到這種地步嗎？

原本對於這個問題，曉潔認為都已經經過了那麼多年，基本上什麼國仇家恨都已經是過往雲煙了，還不肯放下的人，都是個人因素，說穿了，跟這兩邊的仇恨早就沒有關聯，有的只是一個兇殘的藉口罷了。

但是在看到了鍾家續的父親，鍾齊德的傷勢之後，這樣的想法也有點動搖了。

姑且不論呂偉道長動手是為了什麼緣故，光是製造出這樣的重創，很難再去說那些只是古老的恩怨。如果再加上阿吉出現之後，也是直接就動手，真的是想要否認都難。

在開始跟曉潔學習鍾馗派的東西後，阿吉這個名字，就一直不時出現在曉潔的嘴邊。

對於阿吉的感覺，亞嵐多少也受到了曉潔的影響，光是從曉潔所說的那些話裡面，不難聽出曉潔對阿吉的景仰，即便關於這點，曉潔從來不承認，不過不時還是可以聽得出來，曉潔對阿吉的肯定。

從曉潔的口中，亞嵐可以明顯感受到，雖然阿吉常常有脫序的行為，甚至喜歡扮成宅男來誆騙別人，不過整體來說，還是個明辨是非，並且寧可拚死也要保護自己學生的人。

對於阿吉的死，即便經過了這些年，曉潔還是常常感到哀傷。

就是因為這樣，阿吉突然出現在三人的面前，曉潔內心的激動，完全可以想像與理解。

不過兩人卻因為鍾家續的關係，連好好敘舊都沒有辦法，而曉潔不只站在鍾家續面前保護鍾家續，甚至還動手跟阿吉對抗，這些都是亞嵐想都沒有想過的事情。

尤其是在動手之後，曉潔那種哀痛的程度，就可以知道曉潔的心中肯定非常痛苦。

不過，對於這點曉潔確實從來不曾真正提起與抱怨，這也讓亞嵐由衷佩服曉潔的堅強。但是這樣的感佩情緒，多少也帶有點同情與憐惜。

尤其是曉潔才大二，就必須要面對這古老又扭曲的恩怨，實在讓人感覺到無奈。跟鍾家續不一樣的地方是，曉潔可不是注定得要踏上這條路，只要牙一咬，頭一轉，大可以拋下這一切。

不過直到現在，曉潔還是一肩扛下了當年阿吉丟給她的責任，沒有半點退縮的態度，更是讓亞嵐覺得佩服。

同樣心事重重的曉潔，根本沒有注意到亞嵐的臉色與眼神，不停思考著事情演變至今的過程，希望可以看看能不能想到些關聯與蛛絲馬跡，可以多少幫助三人釐清一下現在的狀況。

等到曉潔回過神來的時候，發現亞嵐的一對大眼睛，正直直地盯著自己。

「怎麼啦？」被亞嵐的目光盯得不自在的曉潔問：「幹嘛這樣看我？」

亞嵐搖搖頭，不打算把自己剛剛想到的事情告訴曉潔，畢竟兩人之間已經不需要這些多餘的讚賞，光是曉潔這一身的口訣與技藝，就已經讓亞嵐佩服得五體投地了。光是看外表，亞嵐也想不到曉潔會有這些厲害的絕技。

不過轉念想想，如果當年在曉潔高二的時候，沒有遇到阿吉，或許她的人生也會完全不一樣吧？說不定她就真的只是一個平凡的大學生而已，也永遠不會跟這些什麼鍾馗派、鬼王派的有半點瓜葛。

當然，這就是所謂的人生際遇。

反過來說，鍾家續也是如此，即便出生就是鍾家人，注定踏上這條路，但是除此之外的際遇，相信也是鍾家續始料未及的。

不管是從小就在呂偉道長面前練功，還是最後竟然遇上了阿吉與那場足以讓任何人為之崩潰的月下決戰等等，很可能都是鍾家續想也沒有想過的。

而這樣的際遇，往往都可能讓人有所改變，就算是性格因此驟變，似乎也不足為奇。

尤其是現在，鍾家續的父親鍾齊德又被人殺害了，就算鍾家續有什麼改變，也不需要太過於驚訝。

「嘟嘟，」看亞嵐一臉若有所思的樣子，曉潔問：「妳在想什麼？」

「我在想，」亞嵐將自己的看法分享給曉潔知道：「就算現在的鍾家續，跟我們想的一樣，不是什麼壞人，但是經歷了那麼多事情，會不會有所改變？變得比較憤世、偏激之類的……」

聽到亞嵐這麼說，曉潔也忍不住嘆了口氣。

確實，這也一直都是曉潔所擔心的地方，關於鍾家續想要變強的這件事情。

每每想到這裡，都讓曉潔感覺到一股不安。

鍾家續想要變強的心情，就算沒有經過先前的山上抓鬼之旅，曉潔也已經感覺到了，這也是曉潔唯一擔心鍾家續的地方，這個想要變強的執著。

這樣的執著，讓曉潔擔心，如果鍾家續有了力量，會不會也會跟阿吉一樣好像變了個人般，完全不可理喻，甚至做出更多誇張又離譜的事情。

這樣的擔憂，絕對不是空穴來風，畢竟不需要親身經歷，光是在歷史課本上，類似的殘暴行為，都可以當作借鏡。

而且，就是因為這個顧慮與擔心，讓曉潔更加難為。

因為，在她的心中、腦中，確實有一個可以讓鍾家續快速變得強悍的辦法——一個……禁忌的方法。

不過曉潔還沒有準備好，至少她還沒有那個勇氣，去相信自己的判斷，去相信鍾家續，去跨過那個禁忌的柵欄。

就再觀察一段時間再說吧……

曉潔這麼告訴自己。

只是曉潔不知道的是，過不了多久，她就會為了這個決定後悔不已。

3

在雙方相遇後的第一天，為了觀察一下情況，三人決定還是先留在台南，蒐集一些旅館鬧鬼的情報，同時也看看發生在頑固廟的那起事件，有沒有後續發展。

由於三人沒有帶筆電，只用手機查詢也有點麻煩，因此決定到附近的網咖，用電腦上網，比較方便找資料。考量到如果到旅館外面，遇到阿吉的話，鍾家續可能比較危險，因此三人決定兵分兩路，鍾家續留在旅館，注意電視上面的新聞，看看有沒有頑固廟的後續報導，由曉潔跟亞嵐到附近的網咖上網找點資料。

待在房間裡面，開著電視播放新聞的鍾家續，不想就只是死守在電視機前面盯著電視看，他趁機練習起魁星七式。

逆魁星七式，對鬼王派的人來說，最好的地方就是因為可以融入法力，不論人鬼都能帶來強大的傷害。相較起來，魁星七式對他們來說，因為缺乏了功力，所以單純就只有一般手腳功夫的威力，對人還可以，但是對靈體來說，完全沒有效力。

這就是為什麼，不管是鬼王派還是本家墮入魔道的人幾乎清一色都只用逆魁星最主要的原因。本家則剛好相反，只用正統的魁星七式，一方面是習慣，另一方面也是一種正統的觀念束縛，因為鬼王派的都是用逆魁星七式，因此不知道什麼時候開始，一旦倒過來用，就變成了一種禁忌。

不過，那天在滅陣中的那個道士，卻不是這樣，雖然主要是用魁星七式來應戰，卻有時候穿插著逆魁星七式。不過這種說法，其實也不算完全，因為很多時候，幾乎連鍾家續都分不清，到底他用的是哪招哪式，七分像這招，三分像那招這樣。

除此之外，那個道士的節奏與步伐，感覺也非常隨性，所謂的招式，大致上來說，都有固定的步伐與節奏，何時該快、何時該緩，也都有自己的規律。

當然，實戰可能沒辦法如此隨心所欲，但是那個道士用出來，明明有著壓倒性的優勢，應該可以照著自己的節奏，但是施展開來卻跟鍾家續想像的不太一樣。

這些明明都是鍾家續熟悉的招式，但是道士用出來，總是在一些奇怪之處，有些不太一樣的地方。

這讓鍾家續不免懷疑，如果今天那個道士，不是真的讓自己看到，對付恐怖的逆妖還能輕鬆愜意，自己說不定根本不會把那道士當一回事。

偏偏就是這些亂七八糟的節奏，與四不像的招式，結果效果竟然如此強大，才讓鍾家續驚訝萬分。

乍看之下，對鍾家續這樣已經熟悉的人來說，會有種很不習慣的感覺，不過由於是直接看到了對方實戰的關係，每個改變的巧妙之處，幾乎都立刻就可以理解。

要說到這樣的變招，第一個讓鍾家續想到的就是那次跟曉潔交手的情況。不過不同的地方是，曉潔那多一手、多一腳，完全不合邏輯，很顯然就是多此一舉的變招，因此對非常熟練的鍾家續來說，確實有點難使。但是那個道士，用得卻是相當符合邏輯，甚至讓人了解到什麼叫做一以貫之，將所有魁星七式的動作分解之後，融成渾然天成的動作，就好像天生就應該如此。

招式、節奏，全部打亂之後，重新組合起來，真的是自由自在，想要怎麼樣就怎麼樣。

看起來對鍾家續這種熟悉的人來說很不習慣，但是對其他沒有學過魁星七式的人來說，就好像武打電影那般，流暢到彷彿就是套好招一樣。

鍾家續盡力模仿腦海裡那個道士的動作，雖然不是每次都可以順利像那個道士一樣，將兩個熟悉的招式結合在一起，不過偶然成功一次，那種暢快的感覺，真的難以形容。

每次順利結合起來，鍾家續都會發現自己的嘴角，不禁浮現出一抹微笑。

一連幾次的練習，感覺真的也越來越隨心所欲。

對很多人來說，當一項技藝練到了一個階段，都會有停滯不前的情況，水準一直沒有辦法得到真正的突破，這就是所謂的瓶頸。從某個角度來說，這些年來，其實鍾家續遇到的就是這樣的瓶頸。

雖然在所有鬼王派的功夫之中，鍾家續最熟的可能就屬這個逆魁星七式，因為不需要出門去找靈體的麻煩，在家就可以跟自己的父親鍾齊德對練，實際上練習的狀況，其實要說跟實戰沒什麼兩樣，也是可以的，因為即便只剩下一手一腳，動起手來鍾齊德完全沒在客氣的。

因此在高三得到父親的許可，開始出門闖蕩後，鍾家續覺得自己有很多寶貴的經驗，各種技藝也都有了許多珍貴的實戰經驗，多少也都有所成長，反而是這個手腳功夫，似乎成長就十分有限，跟當時在家裡練習的時候，程度差不多。

想不到後來真正跟曉潔交手之後才發現，自己比起剛學沒多久的曉潔來說，沒有強到哪裡去。

不只有實際上的情況如此，就連鍾家續自己對這個手腳功夫的期待也非常低。

畢竟說穿了，綜觀整個不管是本家還是鬼王派的歷史，真正能夠讓魁星七式發光發熱的道長，千年來不過就這麼一個鍾九首。

更不用說鍾九首長年在海上討生活，身邊的海盜夥伴，幾乎來自於五湖四海，多的是各家好手，因此就算武藝超群，多半也混雜到一些其他門派的功夫，說是單靠這個魁星七式，鍾家續也是不信。

所以對於魁星七式這門功夫，鍾家續一向沒抱持著什麼期待。

不過在看到滅陣那個道士的功夫之後，鍾家續徹底對這門功夫改觀了，他甚至認為只要可以像他一樣把魁星七式用得那麼得心應手，就算是阿吉也不足為懼。

畢竟只要阿吉沒有墮入魔道，本家的魁星七式，就算阿吉擁有浩瀚無窮的功力，打鬼威力強大到宛如核彈般恐怖，但是對人就是不能發揮，頂多就是手腳功夫。

如果自己的身手可以跟那個滅陣裡的道士那麼強，再加上自己身為鬼王派的優勢，就算是阿吉跟自己手腳方面打成個平手，自己也會比他略勝一籌。

在滅陣裡面那個道士，光是靠一手魁星七式，就讓強大的地逆妖毫無招架之力，單單就手腳功夫來說，這可絕對不是一般的功力就能做得到的，就算是那些知名的武術、武學，也很難做得到這樣的程度。

雖然說當時鍾家續是真的看傻了眼，不過那道士的一招一式，幾乎也可以說是烙印在鍾家續的腦海。

如今在腦海中重複播放，並且加以解析，多少也可以理解與看出那個道士使用招式的巧妙之處。

而透過這樣的解析與模仿，讓鍾家續對於自己這門從小就學會的武功，有了完全不一樣的看法與理解。

現在的鍾家續才真正理解到，為什麼很多職業的運動選手，都需要看其他人比賽的影片，就是這樣的原因吧？

學習、模仿，吸收別人的長處，甚至彌補自己的弱項，都可以透過這樣的方式，真正獲得實質的成長。

就好像俗話說的，「師父領進門，修行看個人。」

滅陣裡面那個道長真的彷彿師父一樣，為鍾家續打開了一扇不凡的門。

只是讓鍾家續感覺遺憾的是，他到現在還是不知道滅陣裡面的那個道士到底是誰，如果知道的話，他非常願意稱他一聲師父。

雖然距離那個道士還有非常遙遠的距離，但是至少，現在看到了對岸也有了方向，自己也上了船，只要繼續練習下去，總有一天，是的，總有這麼一天，鍾家續相信自己可以到達那個道士所在的對岸。

只要能夠到達那個對岸，不，只要靠近那個對岸，哪怕還不到那個道士的地步，應該也能大大提升自己的實力，讓自己對抗原本不可能可以對付得了的對手，而且這樣的對手，不單單只有靈體，就連活人也能發揮它的效果。

這或許，也是鍾家續決定要留下來的原因之一。

因為就連鍾家續自己也感覺到，光是透過這些練習，已經大大提升了自己逆魁星七式的實力了。

如果下次真的遇到阿吉的話，雖然鍾家續很清楚，那神話般的操偶，自己怎麼樣都不是對手。不過就連曉潔也說過，阿吉的強項是在操偶，手腳功夫只有在真祖召喚的時候，變得跟鬼一樣快。

那麼如果下一次，就算還是沒有辦法打倒阿吉，但是如果想要多少抵抗一下，光靠三人合力收服的符鬼，加上開竅的魁星七式，說不定還真的有這麼一點機會。

至少此刻的鍾家續，是真的這麼相信的。

只是鍾家續忽略的地方是，由於雙方實力懸殊，加上月下決戰的時候又是如此的短暫，所以那時候他所看到的阿吉，肯定不會是阿吉的全部實力。

事實上，如果沒有J女中的決戰，曉潔恐怕也沒有辦法想像，阿吉的操偶可以強到如此的地步。因此，鍾家續所忽略的地方就是這裡。

他所看到的並不是阿吉的全部實力，即便如此，他還是希望自己現在的這些鍛鍊，有朝一日可以真正發揮它的功用。

而鍾家續也明白，自己現在所努力的一切，都是為了下一次的相遇做的準備。

下一次，一定要讓阿吉看看不一樣的自己。

這麼想著的鍾家續，腳步向前一踏，左右兩手順利使出完全不同的魁星七式。

是的，下次相遇，一定要讓阿吉刮目相看！

4

在得知曉潔等人看到自己後，阿吉與玟珊不敢多作逗留，第二天一早就趕忙回到台北。回到台北的晚上，么洞八廟一如往常，一片寧靜，沒有半點動靜。廟裡面的工作人員，到了這個時候，也大部分都上床睡覺了，因此沒有人注意到，兩個身影正踏著月光，一路朝著廟後方的倉庫而去。

這兩個人絕對不是竊賊，只是現在所做的事情，卻跟竊賊沒什麼兩樣。兩人來到了倉庫前，打開了倉庫的門後，快速進入倉庫。

這兩個人不是別人，正是這間廟宇前負責人阿吉，以及這些日子以來，一直跟在他身邊的玟珊。

如果不是有特別情況，這裡可能是現在的阿吉最不想要來的地方。

但是，如果想要練習甚至使用那個招式，就一定需要那個箱子，而那個箱子就放在么洞八廟的倉庫中。

不過現在讓阿吉最擔心的，是這個箱子會不會已經不在了。

畢竟整座廟裡面，只有自己一個人知道這個箱子裡面到底裝著什麼，所以說不定何嬤等人在整理的時候，即使打開箱子看到裡面的東西，也會因為不知道是做什麼用的，而把它當成垃圾丟棄。

如果那個箱子真的被當成垃圾丟了，阿吉可就傷腦筋了，不但要花時間重新訂製，而且當初設計的精良，是經過幾次的改造與修正之後，才趨近完美，現在如果要重新訂製，加上修改的話，說不定時間根本就來不及。

不過真正讓阿吉感覺到遺憾的，還是原本以為永遠都不會用到這些配件了，想不到到頭來竟然還是得用上。

這也正是兩人現在潛入么洞八廟的原因。

畢竟，阿吉還不能出面，至少不能跟何嬤等人見面，所以想要在不被他們發現的情況下，取回這個箱子，也只能像現在這樣漏夜偷偷溜進來拿。

只是想到自己竟然悲哀到要回自己家偷東西，就讓阿吉覺得諷刺。

進入倉庫之後，用手機照著裡面的環境，阿吉更加擔心了。

看樣子何嬤與曉潔，比起自己當家時，還更愛乾淨，這裡絕對經過許多細心的打掃。

倉庫的東西，跟當時自己住在這裡的時候，完全不一樣，不但清掃整理過，而且許多東西都分類過。

因此天曉得那個不起眼的箱子，會不會真的被當成垃圾丟掉了。

阿吉拿著手機，不敢開燈，小心地尋找著那個箱子。

幸運的是，阿吉的擔憂始終沒有成真，在找了一會之後，阿吉就看到了那個箱子靜靜地被壓在一些比較小的箱子底下。

找到了箱子之後，在玟珊的協助之下，兩人將堆在上面的箱子，小心地取下來後，終於順利將箱子拿出來。

為了確認一下，阿吉將箱子打開來，玟珊也在這個時候，看到了箱子裡面的東西。

箱子裡面裝的，是大大小小的金屬配件，看起來就好像穿戴的裝備，有些大、有些小。

如果光是看箱子裡面的東西，實在很難想像到底是什麼樣的東西，看起來還真有幾分像是在那些連鎖家具行裡面，買回來需要自己組裝的家具，常會用到的一些小配件。所以就算真的被當成組裝好家具之後多餘的配件，而被當成垃圾處理，似乎一點也不需要覺得意外。

在確定就是這個箱子之後，兩人將倉庫回復原狀，只將那個裝有配件的箱子帶走，一路循著原路離開么洞八廟。

走到廟的大門前，玟珊跟阿吉不約而同地回過頭看了一眼，阿吉內心暗自祈禱，希望這臨別的一眼，不會是自己看么洞八廟的最後一眼。

5

會去么洞八廟偷這個箱子，就表示阿吉很有可能會用到那個特別為師父呂偉道長所研發出來的招式。

在頑固廟與那個中年男子對壘之後，阿吉就有了這樣的覺悟。人生之中，往往都有一些日子，讓人即便到死前都難以忘懷。那一天對阿吉來說，就是這樣的日子。

那一天，是兩師徒第一次見到傳說中十二尊天逆魔之一的日子。天逆魔的力量，遠遠超過師徒倆所能想像的範圍，結果就是在兩人極度危急之際，呂偉道長用了那個禁忌的招式。

也是在那一天，阿吉見識到了自己的師父呂偉道長，最恐怖的一面。就連阿吉自己，都差點死在師父呂偉道長的手下。

那個恐怖的狀況，應該也算是魔悟的一種招式吧？雖然呂偉道長從來不曾真正解釋清楚這一點，不過阿吉一直都這麼認為。

當然，阿吉也知道呂偉道長並沒有血染戲偶，更沒有墮入魔道，不過像這樣讓人進入那個狀態，絕對不在正常的口訣之中。

人。

所以，阿吉才會告訴曉潔，呂偉道長可能是普天之下，唯一一個可以不入魔卻能夠魔悟的人。

不過阿吉不知道的是，這一切其實是有其因果與原因，而一切的謎底也正在逐漸揭開它神秘的面紗。

雖然說不是很清楚這個招式的一切，不過阿吉很清楚一件事情，那就是未來如果師父呂偉道長再次使用這個招式，那麼就需要有一個人在旁邊幫忙，才有可能恢復正常。

而阿吉也知道，他必須讓自己更加強大，才有可能在那一刻再度來臨之際，幫助自己的師父呂偉道長脫出那樣的狀況。

因此簡單來說，阿吉需要一個可以壓制得了師父呂偉道長進入那個狀態時候的辦法或招式。

雖然有這樣的想法，但是實際上到底該怎麼做，就連阿吉也不清楚。

整體來說，他需要跳鍾馗來壓住進入那個狀態之後的力量，也就是跟平常與呂偉道長一起出去辦事的時候，在一旁跳鍾馗來鎮場一樣。

問題在於這個跳鍾馗的人，需要跟阿吉一樣優秀，除了有足夠的操偶技巧之外，也有足夠的力量，才有可能壓制住場面，多少削弱一下那強大的力量。

鎮住場面，削弱、壓抑住對方的力量，還只是第一步。

光是這一步，阿吉就已經不知道該到哪裡去找這樣的人了。

接下來要對付那樣的對手，不光需要強大的功夫，還一定要用魁星七式這種真正具有驅魔威力的功夫，才能夠應付得來。

這又是另外一個難題了。

這不是單單要找個功夫高手，還需要是鍾馗派的功夫高手，另外最好是有個三頭六臂的傢伙，可以同時面對多方面的攻勢，才有可能應付得來。

先不要說這樣的人阿吉完全不知道要去哪裡找，就算綜觀整個鍾馗派的歷史，阿吉可能也只想得到一個人，就是鍾馗派歷史上唯一一個以手腳功夫留名青史的男人，海賊道長鍾九首。

只有順利解決這兩個難題，才有可能真正對付得了呂偉道長的那個狀態。

然而，問題卻沒有那麼簡單，除了這兩個難題之外，還有一個問題。

那就是呂偉道長是阿吉的師父，同時也是北派之首，所有鍾馗派道士仰賴的對象，更是鍾馗派未來的希望與明燈，加上又是一國的國師，身分地位崇高到無與倫比的地步。所以這個狀態，絕對不是可以讓其他人知道的狀況。

正所謂家醜不外揚，一些小明星連看個病都需要層層戒備，擔心自己的病容被外界看到，更遑論這種狀況。

因此最後阿吉更需要面對的問題，就是這件事情不能隨便讓人知道，因此也不可能真正公開尋找適合的幫手。

正因為這三大難題，雖然有心想要應付這個棘手的問題，但是就連阿吉也不知道實際上到底該怎麼做。

不過這個念頭一直縈繞在阿吉的心中，直到有一天當阿吉在練習操偶的時候……

一個前無古人、後無來者的想法，在阿吉的腦海中誕生了。

事實上，阿吉其實早就這麼做過了，只是過去，阿吉是為了自己事半功倍，但是如果轉換一下，把它變成實際上可以實戰的話，或許……會很恐怖也說不定。

於是，為了實現這樣的想法，也為了幫自己敬愛的師父解決這個難題，阿吉跑到了呂偉道長面前，告訴呂偉道長，自己為了要對付他，準備研發新的招式，要他不准到後院偷看。

然後，在經過一年的鍛鍊與研究，那個驚人的招式終於完成。

只是阿吉想不到的是，到頭來他終究沒有用過這樣的招式，因為他的師父呂偉道長，在第二次面對天逆魔的時候，寧願硬拚也不願意使用那個禁忌的招式，因此才會重傷而死。

而這個招式，也跟著呂偉道長的死亡，從此被遺忘在記憶的角落，阿吉也沒再練習過這個招式。

因為阿吉不認為，普天之下除了自己的師父呂偉道長之外，還有人可以讓他需要使用到這個招式，即便是後來墮入魔道的阿畢，也不到那種地步。

畢竟阿吉打不過阿畢，是因為阿吉功力不足的關係，跟技巧等無關，所以這個等於融合了阿吉畢生所學的招式，就算用了可能也無法改變任何戰局，因為阿畢的狀況跟呂偉道長的狀況完全不同，因此這個招式，一直到現在，阿吉也不曾真正使用過。

就這樣，一直被遺忘在角落，直到現在。

6

想要使用這個招式，阿吉需要一些其他東西的協助。

當年在研發這個招式的時候，阿吉就知道這點，而當時的阿吉還沒有自己的本命戲偶，所以配件是以當時自己常用的那些戲偶為標準打造的。

多年以後，在師父呂偉道長過世之後，阿吉才擁有自己的本命鍾馗戲偶，也就是後來知名的刀疤鍾馗。

雖然說，就連阿吉自己都認為，自己這輩子應該都不會再用到這招了，不過還是為了這個自己最寶貴的本命戲偶刀疤鍾馗，量身打造了這些配件。

只是打造好了之後，試用過一次確定合身之後，阿吉就將這些配件收起來。

後來的情況也跟阿吉一開始就預料到的一樣，這些配件與那個招式，一直都沒有機會可以使用，就這樣被收在倉庫裡面。

而這一次，阿吉溜進么洞八廟，取回了這個收著這些配件的箱子。

在箱子裡面裝的全部都是可以穿戴在身上的配件，之所以會有大、有小，是因為這其中有一部分，是給刀疤鍾馗穿的，另外一部分則是給阿吉用的。

這些配件其實都是為了那個，當年阿吉在後花園裡面練習的招式，所特別研發出來的配件。阿吉需要這些配件的協助，才有可能順利用出那個招式。

看著這些配件，阿吉的內心不免感到感慨。

這麼多年過去了，想不到自己竟然真的會用到這些東西。

如果可以的話，阿吉當然不想要用到這些東西，更不想要惹來那麼多麻煩。如果人生可以選擇的話，阿吉當然會選擇繼續當個女高教師。

不過有些時候命運真的彷彿宿命的召喚，不管繞多麼大的一圈，最後還是會回到這條路上。因此，阿吉非常清楚逃避一直都不是辦法，不管自己要不要面對、想不想要，這些麻煩還是會自己找上門。

尤其是現在自己又傷害了對方的人，打亂了對方的計畫，自己恐怕很難置身事外。

所以現在也只能未雨綢繆，事先做點準備了。

畢竟，如果連弟子都能自蝕的話，他的師父肯定也跟呂偉道長一樣，可以踏入那條道路之中。

因此，自己也只能試試看，這個當初為了師父而準備的招式，自己是不是還能夠發揮出來。

阿吉將配件一個個拿出來，將那些配件裝在自己的手腕與腰際，然後將刀疤鍾馗拿出來，畢竟如果想要用這一招，就算是練習的時候，也沒辦法使用一般練習用的戲偶了。

過去在沒有刀疤鍾馗的時候，阿吉練習這一招，常常都會報廢掉一個戲偶。

後來有了刀疤鍾馗之後，雖然已經注定不需要用這一招，不過阿吉還是為刀疤鍾馗調整了這些配件。因此現在這些配件，真的就是專門給刀疤鍾馗專用，其他戲偶可能會太大，沒辦法裝牢。

月下決戰的時候，阿吉已經從曉潔那邊奪回了刀疤鍾馗，那時候的操線已經斷了，阿吉本來就打算換線，不過既然已經決定要用這一招，阿吉就順手將刀疤鍾馗的操線，改成了鋼線。

如此一來，就真的準備就緒了。

在取回箱子之後的隔天晚上，阿吉提著刀疤鍾馗，來到了無偶道長廟裡那棵瘦小的榕樹下。

稍微暖身一下後，將刀疤鍾馗拿起來。

這一個招式分成兩個部分，其中一個部分就是阿吉最熟悉的技藝——操偶。

因此阿吉打算先試試看操偶，這個自己最擅長的部分。

這時的刀疤鍾馗已經重新接上了新的鋼線，阿吉先幫刀疤鍾馗裝上配件，在確定一切配件都裝備妥當之後，阿吉也把那些自己用的配件，裝在自己身上。

那些配件不只有手腳，就連背部與肩膀，都有專屬的配件，這些配件上面有些鐵製圓孔，可以穿過這些操偶的鋼線。

等到阿吉將一切都準備好了，看起來就好像跟刀疤鍾馗綁在一起一樣，不只有看起來如此，就連實際上操控的觸感，也會完全不同，所以真的需要時間適應一下。

只是想是這麼想，不過當阿吉開始動了起來的時候，一切就好像烙印在自己身體裡面的記憶一樣。

那個花了阿吉將近一年的時間，研發與練習好不容易才完成的招式，經過了這些年，就好像烙印在自己的細胞上面一樣，一動起來，那些訣竅也立刻跟著浮現出來。

先是操偶，然後……自己也跟著動起來。

玟珊原本靜靜在旁邊看著阿吉練習，結果這時候看到阿吉突然動了起來，整個人也跟著瞪大了雙眼，就好像看到了什麼不可思議的景象，甚至看到連嘴巴都張開了。

因為這時候的阿吉，已經遠遠超過玟珊所能想像的範圍了。

這是怎麼回事？

玟珊看了，瞪大了雙眼。

這就是我師父真正的實力？

玟珊內心的激動與感動，幾乎難以形容。

從來沒想過，阿吉真正的實力竟然可以到這種地步。

光是這創意，就已經遠遠超過玟珊的想像力了。

畢竟明明……自己這些日子都在學這些東西，可是誰能真正做到這種地步啊？

光是練習，就已經讓玟珊渾身起了雞皮疙瘩。

阿吉停下動作，嘴角浮起了一抹淡淡的笑，雖然說好幾年沒練了……

在呂偉道長死了之後，阿吉就沒練過這招了。因為他不覺得普天之下，還有誰可以讓自己用到這一招，不，當然除了呂偉道長之外，還有一個人可能會讓自己用到，那就是傳說中，靠著魁星七式就可以進身功夫大師行列的那位海賊道長鍾九首。

除此之外，沒了，就連劉易經也不可能。

因為這招式，對付的不單單只有功力超強的人，還有動作奇快、身手極佳的人，能夠達到這兩個條件的人，真的是少之又少。

而且要使用這招還需要在對決之際，雙方真的動到手腳功夫才行。

因此即便是當年的J女中決戰，也不適合。

畢竟只要阿吉施展這個絕招，阿畢只要躲遠遠的，用強大的功力壓制自己就可以了。因為比起手腳功夫，那時候獲得絕大力量的阿畢，更仰賴他體內那強大的功力。

雖說從來不曾真正使用過這個招式，也不知道到底實際上可以發揮出多少威力，不過現在阿吉唯一可以倚賴的也只有這個招式了。

在與頑固廟的那個中年男子交手之後，阿吉能想到的辦法也只有這個了。

雖然說稍微練一下，感覺還不錯，沒有退步太多，不過阿吉知道還需要多加練習，才有可能完全在實戰中發揮出它的功效。

因此，現在的阿吉也只能加緊腳步，好好練習這個招式。

就跟還留在台南的鍾家續一樣，阿吉也同樣為了下一次的遇敵做準備，只不過鍾家續所準備的對象，是阿吉自己，然而阿吉的目標，卻是從未見面的敵人。

雖然準備的對象不一樣，不過有一點兩人是一致的，那就是兩人都有不為人知的技藝，正準備好好發揮。

只是兩人不知道的是，不管是鍾家續還是阿吉，未來即將面對的敵人，都遠遠超過兩人所能想像的範圍。

儘管如此，兩人現在能做的，也就只有這樣為了下一次的相遇做準備，如此而已。

第4章．謎樣少女

1

或許是有人在背後操控，也或許是在這個資訊爆炸的時代，一切都是如此的迅速，在頑固廟的案件發生過後才短短兩天的時間，新聞上就已經完全看不到任何相關的消息。

既然決定留在台南，一直待在旅館裡面躲著也不是辦法，如果是這樣的話，還不如逃離台南來得好。

所以第二天，三人便決定開始行動。前一天曉潔與亞嵐去附近的網咖上網找了資料，雖然網路上確實有很多關於旅店鬧鬼的文章，但是文章要嘛看起來太過虛假，要嘛就是對於發生的地點三緘其口，根本沒有辦法判斷出到底文中所說的旅店是哪一家，所以沒什麼太大的幫助。

於是三人商量了一會之後，決定照著原本亞嵐所提出的辦法，兩人先住進去之後調查，看看情況再說。

於是三人退了房間之後，離開了旅館，開始在台南火車站附近閒晃。

火車站附近，一直都是當地最繁榮的地方，這點不管是台灣還是海外，都有類似的情況。

畢竟不管是在都市發展的初期，還是交通已經十分方便的現代，火車站一直都是交通的樞紐，有許多往來的旅客都會在這裡出入。

就好像「有人的地方就有江湖」，只要有人長期居住，歷經世代的地方，也都有鬼魂，似乎也是不變的定律，差別只在於這些鬼魂的數量或者兇狠程度。

尤其是那些年代久遠一點的建築物，都有機會有靈體出沒的痕跡。

秉持著這樣的原則，三人就在火車站附近閒晃，希望可以找到間看起來年代比較久遠的旅館，說不定真的有機會，可以找到三人所需的靈體。

台南火車站附近十分熱鬧，附近感覺就像年輕人聚集的地方，不只商家林立，往來的人潮也很多。

三人在附近繞了幾圈之後，很快就找到了幾家看起來有點年紀的旅店，效率遠比三人所想像的還要來得更好。

本來還以為需要花一個上午或下午的時間，才能夠找到理想的旅店，誰知道才走不到一個小時，就已經有幾家看起來很老舊的旅店，被列入理想的名單之中。三人商量了一下之後，決定了其中一間距離火車站大概十分鐘左右路程的旅店。

光是看那剝落的磁磚與年久失修的招牌，感覺就很有鬧鬼的潛力，而且曉潔跟亞嵐兩人昨天上網的時候，雖然不確定是哪一間，不過在這條路上，確實有一家旅店曾經鬧過命案。

所以如果運氣好的話，說不定這家旅店就有三人在找的靈體。

於是商量好了之後，三人照計畫，由曉潔跟亞嵐兩人，帶著三人的行李，去旅店裡面登記住房，先住進旅店之中。

等到兩人稍微安頓下來之後，便離開房間，在旅店裡面找看看有沒有靈體出沒。

至於鍾家續則繼續在旅店附近找找看，看有沒有其他適合的場所，一邊等兩人聯絡，只要兩人有了房間的房號，鍾家續就可以要求旅店將那間房間給他，直接住進那間客房，這就是三人的計畫。

在旅館對面的街道上，遠遠看著兩人登記完成、前往房間之後，鍾家續繼續在附近閒晃，等待著兩人的來電。

雖然說今天不是假日，不過由於是暑假，而且還是剛放假沒多久，因此街上到處可以看得到放假的學生，成群結隊的在這個台南市的鬧區瞎鬧、閒晃，其中不乏許多和鍾家續、曉潔等人差不多年紀的大學生。

或許，這才是正常大學生應該有的暑假活動，而不是在這邊等著電話，找間鬧鬼的旅館。

想到這裡，鍾家續不禁苦笑，畢竟這跟大學生根本沒有關聯，任何年齡層的人都不應該在這邊等電話找鬧鬼的旅館。

不過鍾家續也意識到像這樣羨慕著其他人有著正常的生活，似乎是前所未有的感受。

雖說從小就注定繼承與背負鍾家的命運，但是就好像鍾家續曾經告訴曉潔與亞嵐的那樣，他一直都認為這是件值得驕傲與扛下的擔當，因為這樣的想法，自然不會產生那種羨慕別人的感覺，甚至還可以說，有點引以為傲。

但是如今，在這些接二連三的事件過後，還真的讓鍾家續不由自主開始羨慕起其他正常的大學生，可以說是連鍾家續自己都始料未及。

或許真的是感覺到厭煩與疲倦了吧？

如果說，鍾家的世界與宿命，只有對抗那些妖魔鬼怪、牛鬼蛇神，那麼不管面對多麼嚴峻的考驗，應該都不會讓鍾家續感覺到如此的疲累與厭倦。

偏偏現在卻是兩家互相為了各自的利益彼此爭鬥。

當彼此專注的焦點從妖魔鬼怪轉到了同樣都是活人的身上，讓這一切都變得不一樣了……還是說，人類本來就是最恐怖的妖魔鬼怪呢？

心裡想著這些問題，讓鍾家續不自覺地走了好一段距離，鍾家續回過神來，搖搖頭阻止自己繼續想下去。畢竟思考這種問題，對現在的狀況一點幫助也沒有。

鍾家續拿出手機，想要確定剛剛在想這些有的沒有的時候，有沒有漏接曉潔的電話。

這手機是三人前往台中之前，鍾家續才去通訊行拿回來的。

在月下決戰的那天，因為跟自己的父親鍾齊德起了衝突，兩人動手的結果，把鍾家續的手機螢幕打壞了。

原本鍾家續一度有考慮過乾脆不要修了，直接換一支新的，不過後來還是決定維修，現在回想起來還真是好險，因為這支手機，就是他父親鍾齊德送他的，對現在的鍾家續來說，多少也有點紀念的價值。如果當時沒有修就丟棄了，現在自己肯定會後悔不已。

想到這裡，鍾家續不免又想起了自己的父親。

情緒一時之間湧了上來，讓鍾家續頓時眼眶泛紅，在大庭廣眾之下，讓他感覺到有點不好意思，所以鍾家續立刻轉進巷子裡面，盡可能避開與他人擦肩而過的機會。

對於自己父親鍾齊德的死，雖然感覺到無比的哀痛，不過讓自己忙碌著這些事情，多少也壓抑住了這股悲痛的情緒，這點鍾家續自己也知道，因此鍾家續才會一直盡可能讓自己忙碌，藉此躲避沉溺在悲傷的狀況。

不過人終究不是機器，有時候突然想到，情緒也會跟著潰堤，難以立刻回復。

因此鍾家續只能避開人潮，盡可能漫步在小巷子之中，總之是看到哪裡人少，就往哪裡鑽的感覺。

就這樣約莫穿過了幾條小巷，反正本來就沒什麼目標，倒也沒什麼大礙，只要還能找得到回去剛剛那間旅館的路就可以了。

就算找不到路，只要問一下台南火車站的方向，也不會有什麼太大的問題。

因此鍾家續一直避開人潮，直到自己心情平復一點，眼眶不再泛淚，才停下自己的腳步。

這時鍾家續也已經不知道穿過了多少條小巷，只知道自己現在所在的地方，看起來就像是一條沒有多少人會使用防火巷之類的小巷。

鍾家續深呼吸一口氣，讓自己的心情平穩下來。

雖然說剛剛多少有點亂竄，不過方向感還在，大抵來說，只要朝著反方向走一陣子，應該就可以順利回到車站附近。

於是鍾家續轉身，正準備循著來時路，一路往回走時，背脊突然一涼，一種奇怪的感覺襲上了心頭。

這種感覺來得又急又快，讓鍾家續一時之間整個人愣在原地，過了一會，才終於理清楚這股強烈感覺襲來的方向。

鍾家續緩緩地回過頭看著自己身後的那面牆壁，雖然說此刻日正當中，正值中午時分，但是鍾家續還是感覺到背脊發寒。

在鍾家續身後的是一片看起來很普通的水泥牆，在右前方五步左右的地方，開有一扇玻璃窗，從窗戶看進去，雖然看不清楚，不過感覺似乎已經荒廢許久。

鍾家續知道，會讓自己背脊發涼的原因，肯定不是什麼心神不寧，而是一種修行過後的人對靈體所產生的自然反應。

因此，鍾家續非常清楚，有問題的應該不是這堵牆，而是這堵牆後的房子。

於是鍾家續繞著牆壁找下去，轉一個彎，很快就找到可以進去的門。

只見那扇門有點傾倒，看起來就已經許久沒有住人。

隔著一堵牆都可以讓鍾家續突然背脊發涼，這時站到門口朝裡面一望，一股撲鼻而來的異味，更是讓鍾家續難以忍受。

這股異味與其說是房子裡有什麼東西正在腐爛，更像是直接黏在自己鼻腔裡，直接竄入自己的腦海中。

不需要任何測驗，鍾家續也可以知道，這廢棄的房子裡絕對有靈體。

而且……是力量強大的那種靈體。

2

另外一邊住進旅館的曉潔跟亞嵐，剛放好行李，就離開了房間。

旅館的住宿分為休息與過夜，因為還不確定這間旅館有沒有他們期盼的靈體，因此兩人只登記為休息，時間有限的關係，所以兩人也立刻開始行動。

首先她們先繞了自己所在的樓層，大概了解一下整棟旅館的結構與房間的分布，更重要的是，了解到監視器的位置，畢竟現在這個年代，隨處都可以看得到監視器，如果沒留意，說不定在進行測試時，會引來旅館方面的注意，被人轟出旅館就不好玩了。

兩人繞了一圈後，幸運地發現可能真的由於旅館本身有點年代了，對這些新科技也沒那麼講究，因此只有在電梯口有個監視器，其他地方都沒有看到相關的設備。

換句話說，兩人就算要移動到其他樓層，只要避開電梯前那個區域，就不會暴露在監視器下，剩下只要避開旅館的工作人員，就沒什麼問題了。

在確保了不會被人懷疑後，兩人分頭行事，去年兩人為了四十九縛靈陣，在學校各處檢驗的經驗，讓兩人對於這種測驗十分熟練。不要說曉潔了，就連亞嵐都已經可以獨當一面。

兩人就這樣在旅館各樓層穿梭，一面避開工作人員，一邊進行測試。稍後，兩人才回到房間裡，確認彼此調查的結果。

這下子曉潔跟亞嵐終於明白，什麼叫做所謂的「人不可貌相」真正的意思了。

光是看外表，會覺得這間旅館年代久遠，怎麼樣都可以找到一點靈體，結果兩人偷偷摸摸測了半天，卻是什麼都沒有找到。

眼看時間也差不多了，無奈之下，只能打電話給鍾家續，約好在旅館大門口見面後，兩人才拖著大包小包的行李離開。

不過真正讓兩人意想不到的是，在街上閒晃的鍾家續反而有了點收穫。

兩人跟著鍾家續，來到了那條小巷之中，確實不需要多說，曉潔也可以感受到那不尋常的味道，至於亞嵐，雖然修行不足，沒聞到什麼或感覺到什麼異狀，不過光是看這間房子荒廢已久的情況，也可以想見裡面很可能發生過什麼不好的事情。

不過或許就是沒有這些修行的反應，讓亞嵐可以更加留意四周的情況，亞嵐注意到這條巷子很狹窄，頂多就是一輛車子可以通過的寬度，因此平常車輛不會經過這裡，所以街道的兩旁堆了一些雜物，不過這些雜物，很顯然都避開了這間房子的範圍，可以看得出來就連附近的住家都在避開這裡。

三人又繞了幾圈觀察這間房子，由於大門傾倒的關係，要進去應該沒什麼問題，而且因為荒廢多年，根本就連屋主都已經放棄了，或者是產權壓根就有問題，如果是這樣的話，三人進去裡面，應該不會引發什麼嚴重的問題。

畢竟，如果裡面有任何值錢的東西，恐怕早就被人搬光了。

除此之外，就算三人闖入的時候，真的被人發現，頂多也只會把三人當成尋求刺激的年輕人，不會太過於為難他們才對。

所以這裡或許是最理想的地點，唯一的問題就是，那個會讓人在大白天背脊發寒的靈體，究竟是何方神聖。

於是三人決定先多找間旅館試試看，如果另外一間旅館也一樣沒有可以收服的理想靈體，那麼三人就先住下來，晚上再來這間廢棄的房子試試看。

雖然三人還是刻意找了間比較破舊的旅館，不過除了地毯飄散著霉味之外，跟上一間旅館一樣，什麼也沒有發現，於是三人把希望寄託在那間房子。

原本還打算多少蒐集一點資料，看看那邊到底發生過什麼事情，不過網路上也沒有相關的資料，因此三人商量後，還是前往那間陳舊的屋子。

不管是鍾馗派還是鬼王派，對抗這些靈體，最重要的就是判斷力，能夠快速辨別出靈體的真身，並且採取相對應的手段與措施，就是這一路從鍾馗祖師傳承下來的門派最精華所在。

在辨鬼識魔這方面的功夫，比起本家來說，鬼王派確實優秀許多。

他們透過魔悟，找到了很多其他的辦法，是本家沒辦法使用與學習的。

除此之外，孕育出鬼王派的那些先人，本身就是出自十二門，一個在本家中為了實戰而誕生的分部，多年的實戰經驗，累積出更多實際上可以利用的精華，因此在辨別靈體的方面擁有很大的優勢。

而保有口訣的本家，在對抗靈體方面，則擁有不同於鬼王派的優勢。

比起後來鬼王派的發展，多傾向削弱靈體的力量，以求可以收為己用，放棄了很多可以對抗靈體的手段來說，本家還是依照千年來的傳統，與靈體對抗，加上鍾馗祖師的加持，所以在對抗靈體的部分，有許多彈性與辦法，這點比起後來發展的鬼王派，反而略具有優勢。

雙方各有所長的情況下，讓兩人的聯手，已經連續好幾次，化不可能為可能。因此即便覺得這樣直接進去有點莽撞，不過曉潔還是決定跟鍾家續一起行動。

不管怎麼說，三人決定就在今晚，進去那棟廢棄的舊宅，看看到底是什麼樣的靈體，會讓人在大白天中背脊發寒。

3

當天深夜，三人在接近凌晨時分離開旅館。

雖然說接近凌晨時分，不過由於火車站還在營運，因此仍有人潮出入火車站。

但那也只限火車站附近的幾條街道，當三人朝著那棟廢棄房屋而去，穿過了幾條街後，整個氣氛頓時變得不同。不但路上幾乎沒什麼人車，就連四周都變得寧靜。

在這種氣氛之下，三人走入那廢棄小屋所在的巷子中。

或許是心理作用，這一次，在經過那面牆壁時，就連沒什麼修行的亞嵐，也感覺到一陣毛骨悚然，一股寒意直竄腦門。

來到了廢棄小屋的大門，鍾家續將已經斑駁傾倒的大門搬開，三人趁著沒人之際，順利溜入廢棄房子中。

進入大門後，他們立刻就發現了這間房子奇怪的地方。

一般來說，進入大門後的空間，應該是屬於玄關或者是客廳，不過由於沒什麼家具，空空蕩蕩，因此三人也不知道這到底算不算客廳。

不過不管怎麼說，讓三人感覺到訝異的地方是，這個客廳的寬廣程度，超乎三人的想像。如果整個房子有五十坪的話，那麼光是這一開始的空曠空間，大概就佔了四十坪左右。

當三人簡單逛了一下屋內之後，發現事實真是如此，除了這個寬廣的空間外，深處大概還有三個房間，不過這三個房間都異常的小，除了一間狹小的浴室外，剩下兩個房間大概擺張床跟衣櫃，就放不下其他東西了，這更凸顯了前面這片空間的怪異。

而正如外表所見，裡面看起來確實荒廢已久，至少已經好幾年沒有住人了。如果不是心理有著強烈異樣的感受，或許三人會猜就是因為這前面幾乎半個籃球場那麼大的空間，讓這房子太過不好利用才導致廢棄的。

不過當然，其實就算一開始的原型是如此，在買了房子後，要增加隔間應該不會有太大的問題才對，因此認為就是因為空間分配不均才導致房子被廢棄，有點本末倒置的感覺。

不過這樣的廣闊客廳，對現在的三人來說，反而比較方便。

至少以要測靈體來說，比較沒有什麼需要注意的小細節，不需要特別把靈體從那些陰暗角落或者建物死角驅趕出來，驗完整個大廳幾乎就等於驗完整間房子了。

所以即便房子的組成結構怪異，不過三人也不是真的要將這裡買下來，於是在確定沒有驚動到任何鄰居後，便開始著手測驗，想要一探讓曉潔與鍾家續都感覺到渾身不舒服的靈體，到底是何方神聖。

三人分成兩組，各自用自己的方法來測驗。

不比當時在C大宿舍的時候，完全摸不著頭緒，曉潔這邊已經推測出幾個可能性，針對這些可能性進行測驗。

三人用手機充當照明工具，在這廣大空間的兩側進行測驗，對曉潔來說，這已經不算是什麼難題了，只是在測驗時，很可能會激怒與驚動到靈體，因此曉潔不敢大意，小心地提防著隨時都可能有靈體偷襲。

果然，自己還是太嫩了嗎？

在一連做了幾個測驗都撲空之後，曉潔心中產生了這樣的想法，原本剛到這裡的時候，曉潔其實內心還滿有把握的，心想這裡荒廢已久，應該都是些盤據時間比較長，而且很有可能是不太會移動的靈體。所以針對這樣的判斷，曉潔就以縛、怨、屍、凶等可能性較高的靈體，進行測試。

原本曉潔多少對自己的猜測有點信心，誰知道一路測試下來，卻一個都沒中，讓她不免覺得喪氣。

另一邊，鍾家續在同樣的時間裡面，幾乎測了大半的靈體，但結果也跟曉潔一樣，沒有一個有反應，這讓兩人苦惱起來。

就好像隔著一堵牆壁般聆聽隔壁的聲音一樣，明明聽得到聲音，卻沒有辦法聽清楚他們說的話語。

這也讓曉潔擔心起來，擔心這邊的靈體該不會又是那種難搞的靈體吧？

畢竟大部分好應對的靈體，兩人都試過了，剩下就是逆跟狂那種比較難纏的，他們三人可能不太有辦法對付。

當然，如果曉潔用呂偉道長直傳下來的辨靈陣的話，也可以得知對方的真身，不過真的有必要到這種地步嗎？

就在曉潔遲疑著自己該不該用到麻煩的辨靈陣時，腦海裡突然浮現出一個景象，那就是自己奉阿吉之命，拿八卦鏡去照自己班上的同學。

那時候會這麼做，就是因為阿吉一直覺得有聞到異味，才會讓曉潔拿八卦鏡去試試看。現在三人也跟當時的狀況差不多，因此曉潔才聯想到當時。

不過真正讓曉潔想到的，倒不是當時照到被餓靈包圍的同學，而是另外一個當時的自己沒有發現到的異狀。

如果說是餓的話，剛剛鍾家續已經測過了，不過那一次試出的另外一種，不管是曉潔還是鍾家續都沒有測，因此曉潔立刻將八卦鏡拿出來。

看到八卦鏡鍾家續瞪大了眼。

「妳想要直接照？」鍾家續皺著眉頭說：「不好吧？還是先調查清楚比較妥當。」

鍾家續會這麼說，主要當然是因為八卦鏡最常的用處，就是直接照射鬼魂讓對方現形，不過在還不知道對方正身的情況之下，這等於逼對方直接動手，因此就算是鬼王派的鍾家續，也覺得有點魯莽。

不過曉潔並不是這麼打算的，所以搖搖頭對鍾家續說：「放心，我要照的不是那個靈體，而是我們。」

「我們？」鍾家續臉露疑惑。

曉潔也沒有多回答，讓亞嵐幫著自己照明，深呼吸一口氣之後，將八卦鏡拿起來，照著自己就好像照鏡子那樣。

當八卦鏡照到曉潔的時候，八卦鏡突然啪的一聲，浮現出一道裂痕。

看到這景象，曉潔沉痛地閉上了雙眼，因為這驗證了自己的想法，果然跟當時的情況一樣。

而另外一邊的鍾家續，看到這景象，也頓時會意過來，了解到眼前到底是怎麼一回事了。

原來……這就是荒廢的真相。

然而亞嵐不比兩人，不要說口訣的活用了，光是連口訣都背得亂七八糟的現在，根本不可能知道這是什麼情況，於是兩人異口同聲，向亞嵐簡單說出目前三人所面對的靈體真身：

「煞。」

4

因為大部分的道士對風水不甚了解，所以煞從某個角度來說，可能是鍾馗派本家與分家，相對之下最弱的一環。

最主要就是風水的博大精深，絕對不輸鍾馗派本身所需要學習的部分，因此在專精的前提下，實在很難兩邊都兼顧，是以大部分的鍾馗派道士，只有基本的風水知識，沒辦法像真的風水大師那樣，鐵口直斷說出風水的奧秘之處。

就是因為這方面的不足，讓他們對付起煞來，較為不利。

不過也因為這個天生的不足，讓很多本家的道長，多少都會學習一些風水之術，結果其中更有人學出了興趣，在風水之路上發光發熱的也不在少數。

其中最有名的當然就是被尊稱為「風水道長」的劉長青，另外還有諸葛斌與夏利晴等人，都是以風水聞名於天下，幾乎都被人遺忘了，其實他們本業是鍾馗派的道長。然而雖然有這些以風水聞名的道長，仍難掩鍾馗派對於煞的功力，普遍不足的現象。

就好像如果現在來到這裡的人，是那些以風水著名的道長，說不定光是在門外還沒進來，就知道裡面是煞了。畢竟只要熟悉風水之術，對於煞這種靈體，融合了鍾馗派的口訣，真的就可以稱為煞的專家。

就好像風水道長劉長青傳說中就是「無煞不化」，後來更因為化解天下大煞，而被當時的皇上請入宮中，成為國師，是鍾馗派史上第一位登上歷史舞台，成為國師的鍾馗派道長。

但是普遍來說，大部分的鍾馗派道長，對風水的研究有限，自然比較難以辨別煞。

不過這單純只是指在辨別煞時，相較於其他的靈體比較困難一點，在確定了煞之後，大部分的本家道長倒是沒有多大的問題。

就原則來說，只要能夠把煞主找出來，就可以輕鬆解決了。

畢竟在眾多口訣之中，煞的口訣，算是相當完整，因此解決起來沒有多大的問題。

不過理論上來說是如此，但是實際上，煞還是有很多變化，這點曉潔也算有過體驗。

不過當年因為是同學已經中煞，而且又是三煞合一的情況，所以才會比較難纏，加上又得處理饑靈纏身的同學，一整個就是混亂。

不過回想起來，那一次倒是曉潔第一次知道，鍾馗派有所謂的跳鍾馗，也是第一次見到阿吉跳鍾馗。

不過這些過往，現在回想起來也只是讓人感覺到人事全非而已，對眼前的幫助十分有限。畢竟現在的曉潔，已經學會了所有的口訣，對煞的了解，也不是當初那個高二女生了。

在確定了煞之後，三人也大概了解到，這或許就是這個房子最後會荒廢的原因吧？

如果是鬼魂作祟，那麼甚至不需要鍾馗派的人出面，全台灣各地，都有不少廟宇可以處理這樣的情況，絕對可以超度亡靈。只要超度了亡靈，就不需要讓這棟房子荒廢至今。雖然說台灣人對於類似凶宅之類的房子，多少還是有忌諱，不過凶宅何其多，真正荒廢的也沒幾間。

但是在有煞的情況之下，不管超度幾次，只要煞主還在，那麼過沒多久，肯定又會再度出現。

所以除非是找風水大師，或者是鍾馗派的道士，至少就是了解問題所在的人來處理，才有可能妥善解決。

既然知道了問題所在，接下來就是如何處理了。

「首先要找到煞主，」曉潔向完全還沒有學到這部分口訣的亞嵐解釋：「而我們要辨識的，當然也就是煞主，只要能夠分辨出煞主的真身，那麼解決應該沒什麼問題。」

另外一邊的鍾家續，趁著曉潔在解釋的同時，又再度掃視整間房子。

雖然不是什麼風水大師，不過三人一眼看下來也認為，這客廳也太大了一點，在這邊打球都可以了，很可能就是客廳有問題。

確實，不需要風水大師來看，都會覺得客廳有點大得離譜，整間房子只有三個房間以及一間廁所，幾乎有三分之二，都在這個應該是客廳、餐廳與廚房合用的大空間中。

或許在住的時候，擺上些家具或是廚具，甚至加個屏風，都不會那麼難以使用，只是現在沒了那些家具，看起來就是無比寬敞。

至於這樣的設計，到底是怎麼形成的，而這背後又是怎麼樣形成煞的，鍾家續也不是很清楚。

雖說，風水這方面，也確實有列在鍾家續學習的名單中，不過這只是未來的計畫，現在還沒真正學習過。

「不過……」一旁向亞嵐解釋的曉潔說：「一般來說，所謂的煞主，多半都是中煞的人，變成如磁鐵一般，吸引附近的鬼魂之後形成的。」

「什麼意思？」亞嵐一臉不解。

「簡單來說，」鍾家續幫忙補充：「以我們現在為例，如果我們就這樣離開，渾然不覺自己中煞的情況之下，很可能回家的路上就會被鬼纏住，而那個鬼魂就會成為新的煞主，讓我們怎麼死的都不知道。」

聽到鍾家續這麼說，亞嵐瞪大了雙眼，完全不知道原來情況這麼嚴重。

「不過既然我說一般來說，」曉潔接著說：「其實意思就是現在這邊的情況比較特殊。煞是不會有感應的，至少我們不應該感覺到那些反應，一般來說，中煞的人，會吸引靈體，然後第一個接近的靈體，會成為所謂的煞主。而這個煞主，就會跟人縛靈那樣，跟著中煞的人，直到引爆的那一刻為止。」

「引爆的那一刻？」

「嗯，」曉潔說：「一旦引爆了，就是中煞之人命在旦夕的時候，附近的鬼魂會一擁而上，將中煞的人……」

曉潔用手比了比脖子，接下來會發生什麼就算曉潔不用說，亞嵐大概也猜到了。

「這就是我們所謂一般的情況，」曉潔說：「問題就是，這裡已經有……煞主了。而這個煞主，就是吸引我跟鍾家續的主因。就是因為它的存在，才會讓我們有那些感覺。這種情況，就是所謂的無主煞。」

光是煞的這些東西就已經讓亞嵐有聽沒有懂了，這時又出現了新名詞，讓亞嵐的大腦完全超載，只能哭喪著臉勉強地點了點頭。

「嗯，」鍾家續在一旁補充說：「一般煞主都會在宿主死亡的時候，跟著煙消雲散，只有在一種情況之下可能會留下來。就是那個宿主最後死亡的地方，就是原本中煞之地，在這種情況之下，煞主有很大的可能會留下來。」

聽到鍾家續這麼說，亞嵐一時還轉不過來。

「換句話說，」曉潔幫亞嵐釐清這句話的意思：「曾經有人中了這裡的煞之後，在這裡往生，所以煞主就這樣留了下來。由於宿主已經死亡，因此那時候留下來的煞主，就是所謂的無主煞。」

講到這裡，也不免讓曉潔有種驚險的感覺。

如果剛剛三人因為測試不出靈體，就這樣打道回府的話，由於煞主已經存在，那麼不出今晚，三人恐怕都會死於非命，這就是煞的恐怖之處。

在毫無準備的情況之下，就算是現在的阿吉，恐怕也很難全身而退吧？

其實煞說穿了，就是一種風水的最高境界，整個風水的學問講直白一點，就是為了近福避煞。因此對於煞的掌握，本身就是風水最重要的一門課題。

然而樹大有枯枝，學習風水的人如此之多，總有不肖分子，會利用所學來危害他人，就風水來說，最直接危害他人的手段，就是讓人中煞。

所以過去在實務的經驗來說，每當遇到了煞，往往背後都有些惡質風水師或是學習過風水的道士在背後操弄。

就好像當年自己班上的同學，也是中了陷阱，被網友所騙，才會深陷三煞合一的危機中。

不過這點似乎現在不需要擔心，因為不管這邊的煞當年是不是人為的，都已經荒廢這麼多年了，應該不會有人預料到，這裡還會有人闖入中煞。所以應該不會有下煞的風水師在附近監視才對。

雖然說煞確實在眾人的意料之外，不過情況就像曉潔所說的一樣，就這樣離開的話，恐怕三人都會沒命，所以最好的辦法還是就地解決，破除煞主，解除三人的煞。

對三人來說，好消息是雖然煞屬於上階的靈體，不過這是綜合了煞不容易發現，發現之後又常因為發現得太晚，而變得難以處理等特性之後，綜合考量之後的評價。

相反來說，在這麼早就發現的狀態之下，只要處理得宜，應該不會有什麼太大的問題。

如果一切順利的話，能夠在這裡遇到煞，真的也算是三人的好運。

至少，此刻的鍾家續確實這麼想。

5

如果沒有人的介入，其實三人需要對付的，就只有煞主而已。

這種已經存在的無主煞，對不管任何一個鍾馗派的道士來說，都不算是什麼太大的問題，這點不管是本家鍾馗派，還是鬼王派，都是一樣的。

因此對鍾家續來說，這真的是個不可多得的機會。

煞主對附近的靈體有一定的影響力，除了會在引爆之際，吸引這些靈體與之一起對宿主發動攻擊外，煞主也會因為這些靈體而變得強悍，這也正是鍾家續跟曉潔會感應到這股力量的主要原因。同時也因為這樣的力量，等於是集中附近靈體所形成的強大力量，因此才會出奇的強。

因此想要削弱煞主，最重要就是像成語所說的「釜底抽薪」那樣，先把這些靈體吸引過來，然後各個擊破。只要可以陸續把這些被吸引過來的靈體擊退，就可以有效地削弱煞主的力量。

所以才會說這是個不可多得的機會，不單單只是因為煞不容易在這種狀況下發現，其中像這樣的無主煞更是罕見。

煞無宿不成形，沒有所謂的宿主，煞就沒有形體。

因此即便已經留下來，三人也沒辦法透過開眼來看到煞主的形體，在這種情況之下，只有傷害到煞主的情況之下，才有可能讓他顯形。

「雖然我們三人都已經中煞，」鍾家續一邊準備，一邊向亞嵐解釋：「可以成為它的宿主，不過我們一來沒有離開這裡，二來中煞的時間還算短，所以它應該還沒成形，對我們來說，這是最好的機會。」

鍾家續這麼說的同時，掏出一張符，並且看了一下方位之後，將這張符放在廣大客廳的角落。

「這是縛靈符，」鍾家續說：「也是俗稱的貓定符，只要用這張縛靈符，加上我們現在把這間房子的四面牆上，都貼上了符，這個房子就好像牢房一樣。在這個牢房裡面不管任何靈體，都會自然而然，被吸引到裡面，然後就跟縛靈一樣，被束縛在這張符上。」

鍾家續將符放好之後，站起身來張開手退後了幾步，亞嵐跟曉潔看了，也跟著退後。

三人緊緊地盯著那張放在地上的符，過了一會之後，只見原本平貼在地上的符，突然從中間拱了起來，就好像被什麼吸了起來一樣，雖然只是輕微地拱起，不過三人看得很清楚。

鍾家續點了點頭，然後走到符旁，在符的四周撒上了朱砂。

「那個煞主已經被吸引到符上了，」鍾家續輕聲地說：「現在我在符的四周，用朱砂圍成一個圈，如此一來，煞主就很難離開這個範圍了。」

雖然鍾家續這麼說，不過不管是曉潔還是亞嵐，都沒有看到任何身影在符的上面，即便兩人已經開了眼，卻還是什麼都沒有看到。

「等等我們準備好了之後，」鍾家續對亞嵐說：「妳就負責對付煞主。」

「我？」亞嵐瞪大了眼，一臉訝異的模樣。

看到亞嵐的反應，就連一旁的曉潔也忍不住笑了出來。

「別這麼緊張，」鍾家續笑著說：「現在煞主被困住了，所以就算受到攻擊，也很難有什麼作為。現在的煞主，簡單來說，就是陷入沉睡的狀態，這就是我們沒辦法看到他的原因，可能要等到我們踏出那個門口，他才會慢慢甦醒過來。不過到了那個時候，我們就等於失去了可以簡單解決的先機。所以對我們來說，現在是最好的時機。」

亞嵐點了點頭。

「就像我剛剛說的，」鍾家續接著說：「煞主現在處於沉睡的狀態，不過一旦受到了攻擊，他就會甦醒過來，顯形的同時，也會想要對付我們。但是因為被符困住了，他沒辦法做什麼的情況，只能夠吸引附近的鬼魂過來。這就是等等我們會面臨到的狀況。」

大抵上的情況，亞嵐大致了解了，不過她不太清楚，到底該怎麼做。

「所以我要怎麼對付煞主？」亞嵐側著頭問。

「只要用柚子枝葉蘸露水，」鍾家續說：「打在他身上，如此一來，就會給煞主一些傷害。煞主只要受到傷害，就會吸引那些被他影響的靈體過來，然後我跟曉潔，就在這邊把上門的靈體收了。」

這就是三人準備好的作戰計畫，如果一切都能照著鍾家續說的這樣，應該不會有太大的問題才對。

其中比較大的問題還是來的靈體，因為是距離這邊比較近的靈體，就種類來說，完全無法預測，雖然說不會超過煞主本身的力量，不過現在由於強化之後，展現出來的力量，也會反映在吸引靈體這方面上，所以就目前煞主的力量，確實可能會有三人無法應付的靈體前來也說不定，至少不能排除這樣的風險。

所以在正式開始之前，鍾家續還是決定要準備一下，不只有些符需要補充，還需要多少設下點陷阱，以免到時候來的靈體過於強大，殺得兩人措手不及。

還好前一天才剛補了很多新符，因此問題不大，只是需要一點時間。

於是鍾家續就開始寫符，希望至少大部分的靈體都能有相對應的符可以準備對付，而那些比較常見的靈體，也能多準備一些，以備不時之需。

而在鍾家續寫符的同時，兩人除了輪流幫鍾家續提供照明之外，曉潔也順便把跟煞有關的一些基本常識，解釋給亞嵐聽。

過了好一陣子之後，鍾家續寫符的工作才告一段落。寫完符之後，鍾家續還在房子的四周布下了不同的陷阱，就跟當時在山上的情況一樣。

不過由於在室內的關係，其實效果比山上的樹林還要好很多，只要在門窗貼上了符，就等於限制住靈體可以進出的範圍，所以比起之前山上的狀況來說，現在更加有利。

等到一切都準備就緒，三人便照著計畫進行。

首先當然是由亞嵐攻擊煞主開始，由於房子的四周都貼滿了符，因此接下來會闖進來的靈體，都只能從大門的方向進來。鍾家續跟曉潔就在大門那邊，鍾家續站在大門前，準備迎擊任何衝進來的靈體。至於曉潔則躲在大門旁，多少希望可以控制一下衝進來靈體的數量，盡可能一次放一個靈體進來。

眼看兩人準備就緒之後，亞嵐深呼吸一口氣，然後照著鍾家續的指示，將蘸有露水的柚子葉，朝縛靈符的上方揮去。

當亞嵐依照鍾家續所說的方法，用柚子枝葉蘸上露水打向那個放有縛靈符的上方空間之際，眼前的空間立刻響起了一陣淒厲的哀號。與此同時，一個身形緩緩地浮現在那個原本空無一物的空間。

所謂的煞無宿不成形，是指在一般狀態之下，沒有宿主的情況，煞主也還沒產生，但是這裡早就有煞主了，不過如果是無宿主的情況，雖然有形體，但是即便用了柚子葉這種可以看見靈體的辦法，也沒辦法看到煞主的形體。只有在受到傷害的時候，才會浮現出形體。

這些都是剛剛亞嵐才知道的事情，想不到立刻有了機會可以實現這樣的狀況，還是讓亞嵐有種不真實的感覺。

這種狀態就好像沉睡中的人，被人強制喚醒一樣，而且這沉睡的狀況，已經不知道經過了多少年。

被這樣叫醒的人，就算修養再好，沒有所謂的起床氣的人，恐怕也會十分不悅，更何況是這沉睡多年的靈體。

所以除了困住靈體，在縛靈符外，還有一圈朱砂困住煞主，雖然只能困得了一時，不過對鍾家續與曉潔來說，已經十分足夠了。

儘管被吵醒的煞主十分不悅，不但發出怒號，也不斷掙扎，不過雙腳卻完全沒有辦法離開縛靈符。

即便如此，當煞主伸出手想要抓亞嵐的時候，亞嵐還是嚇到一連退了好幾步。

煞主顯形的同時，附近被影響的靈體也開始朝著這間房子移動，過沒多久，鍾家續立刻提醒兩人：「要來了！」

話才剛說完，大門口果然衝入一個身影，由於三人已經預料到這種情況，所以都已經用柚子葉開過眼，這時自然可以清楚地看見靈體的身影。

眼看有靈體衝進來，一旁的曉潔立刻將原本傾倒的大門架起來，擋住空蕩的入口，大門貼有符咒，如此一來可以暫時抵擋想要衝進來的靈體，也算是多少控制靈體的進出。

由於事先就有了準備，因此眼看靈體衝了進來，鍾家續連手上的銅錢劍都沒有用，迎面一個逆魁星七式，一腳就把靈體給踢到浮起來，一個轉身手上已經拿出對應靈體的符，跟著朝對方一貼，曉潔跟亞嵐都還沒看清楚來的靈體是什麼，就已經被鍾家續收服了。

接著鍾家續將符朝袋子一收，下巴朝著曉潔一努，連喘口氣的時間都不需要，就已經準備好對付第二個靈體了。

曉潔將門板朝旁一挪，大門才剛開，就有兩個靈體立刻鑽了進來，曉潔見狀趕忙又把門板推回去，擋住大門。

即便一次衝進來兩個靈體，鍾家續這邊也不慌不忙，一腳一劍立刻擊中兩個靈體，跟著很快就找到兩張對應的符，一手一個將靈體收服。

就這樣，三人分工合作，曉潔顧門控制數量，鍾家續負責收服這些闖入的靈體，等到外面的靈體空了之後，就由亞嵐再次鞭打煞主，吸引其他的靈體前來。

就在三人的合作下，經過了一段時間，沒有什麼太讓人意外的靈體出現，而每打一次煞主，都可以看到煞主的身影變得淡薄，一切都照著三人的計畫進行。

終於，在反覆幾次之後，鍾家續也評估差不多可以收服煞主，附近的靈體也收得差不多了。於是三人決定收服這最後一批的靈體後，就把煞主也收了。

在這最後一波靈體的襲擊中，最後一個衝進來的，是一個餓魔，餓魔與其他種類的餓都算是很少見的靈體，因此即便屬於下位，而且用處不大，不過能收到這樣的靈體，對鍾家續來說，還是很值得高興的一件事。

曾經，鍾家續總覺得老天對自己真的很不公平，讓自己出生在這個家，還讓自己家遭遇那麼多的不幸，明明有很多事情都不是自己所能決定的，但是卻得背負與負擔許多不能改變的宿命。

但是，最近有些時候，鍾家續對自己的運氣與老天爺對待自己的情況，也有點改觀了。

不管是山上的情況還是現在這邊，情況都比自己所預想的還要好，不只如此，就連先前在月下決戰之前，雖然陷入滅陣中，但是能夠看到那個厲害道長的魁星七式，現在回想起來也算是種福分，間接得到一個寶貴的機會，可以學習那個道長的功夫。

雖然說身上的宿命擺脫不掉，但是這陣子算得上事事順利，多少也讓鍾家續對那個老是對他狠毒的老天爺改觀。

在收服了饑魔之後，就剩下煞主了。

一切都很順利，對鍾家續來說，能夠遇到這樣的煞，絕對是件幸運的事情，鍾家續非常清楚，這樣的機會真的是可遇而不可求。

這次的廢屋探險，能夠遇到這樣的煞，真的就是所謂的一箭雙鵰。

首先，就是煞主可以集合附近的靈體，讓鍾家續又好像上了山一樣，有了收服很多靈體的機會。另外一個重點，當然就是煞本身，只要能夠收服了煞主，煞靈符本身確實很有威力，是張不可多得的符。

有了這張煞靈符，搭配現在自己手上的符，真的有跟阿吉一抗的機會。

其他的不用多說，光是在所有的符中，對抗操偶最有用的就是煞符。

有了這張煞符在自己的陣前守護，那壓制自己的力道絕對會小很多，至少絕對不會有那種像是電視劇裡面點穴那樣，完全動彈不得的狀況。

更重要的是，如果不是在這種情況之下，光是同樣的煞，可能都沒有辦法收服了，因此才更顯這次的珍貴。

一般來說，如果煞主已經扎根在人身上，在這種情況之下，恐怕不管兩人聯手威力多高，都需要跳鍾馗加上鍾馗寶劍的力量才有可能解決。

畢竟煞一旦深了根，就是一拍兩瞪眼的情況，不是宿死就是煞亡。

而且煞無形、主不定，在沒人中煞的情況之下，根本就不會有什麼事情。因此，在那種情況之下，根本不會有煞主。即便有了煞主，剋死了宿主，除非是在原煞之地，不然大多煙消雲散，不會留存下來。

從這點來說，會留下煞主，本身就是少見的案例，加上三人本來就是上門找碴的，不要說扎根了，種都才剛播，就被人挖出來，自然力量大大不如正常的煞。

不過煞主終究就是煞主，只要能夠收服，至少就有一定以上的威力。

而現在，在解決了這些上門的鬼魂之後，就只剩下煞主了，只要符一貼，基本上就算大功告成了。

於是鍾家續將剛寫好的符拿了出來……

果然，符一貼，煞主靈仰頭一嘯，整個被收到了符中。

只是，情況卻完全超乎三人的想像外，鍾家續瞪大雙眼、張大了嘴，久久沒有辦法合起來。

因為，那張要收服煞主的符，還在他的手上，他根本還沒動手，煞主就被人收了。

誰知道就在剛剛鍾家續拿著符，正準備收服煞主之際，突然大門外衝進一個身影，就這樣衝到了煞主旁，將符一貼就把煞主收服了。

三人完全愣住了，這還真的是不知道打哪殺出來的程咬金。

在愣了一會之後，三人手機當然二話不說，立刻朝那黑影一照，一個少女宛如明星一般，站在鎂光燈下，用手遮住了自己的臉龐。

這到底是怎麼回事啊？這個少女到底是誰啊？為什麼會跟鍾家續一樣用符收鬼？

少女的出現，真的讓三人訝異到了極點，同時也將整個局面，帶到了完全不同的境界。

這輛名為宿命的列車，也在這個時間、這個地點以驚人的速度轉了個彎，朝向三人從來不曾想過的方向而去。

第5章·鬥鬼

1

事情的發展完全出乎三人意料，因此好一陣子，三人都愣在原地，沒有半點反應，真的到了傻眼的地步。

雖然說，煞主到了剛剛的情況，就跟當時在樹林的情況一樣，不需要任何功力，只要貼上對應的符，就可以將煞主收了。即便貼符的是完全沒有半點功力的亞嵐，也可以順利將煞主收服。

但重點還是在符可不是人人都會寫，尤其是每張符能夠收服的靈體都不一樣，至少少女除了要有符之外，還得完全對應煞主的靈體，才能如此將靈體收服。

綜合這幾點來說，就不是誰都可以做得到的事情了。

換句話說，雖然三人都不知道眼前這個突然衝進來的少女是誰，不過至少鍾家續很清楚，這少女很可能就是鬼王派的人。

在曉潔將小悅的事情告訴鍾家續之後，就連鍾家續都不免認為，殺害小悅的人，真的很有可能是鬼王派的人。不過鍾家續當然非常清楚，自己沒有做過這樣的事情，因此，鍾家續自然想起了另外一個可能性。

就好像曉潔一直以來都以為自己的師父阿吉已經死掉了一樣，會不會實際上也有著別的鬼王派傳人，是自己所不知道的？

其實關於這樣的疑惑，不是知道小悅的事情後，鍾家續才想到的問題，實際上，過去在鍾家續還被關在家裡，甚至還不認識曉潔之前，鍾家續就問過父親鍾齊德類似的問題。當時鍾家續就曾經問過鍾齊德，有沒有可能其實外面還有鬼王派的人，但是我們卻不知道的。

一開始鍾齊德否認這個可能性，畢竟鬼王派一向都是以鍾家為尊，或許鍾家以外的分家沒辦法確實掌握其他分家的事情，不過如果是鍾家的話，甚至連分家還沒出生的小孩都可以掌握得一清二楚。

話雖如此，不過鍾齊德考慮了一會之後，提起了一段過往。

在多年前似乎有過這麼一家，因為跟鍾家起了衝突，毅然決然退出鬼王派。

當時其他分家因為擔心退出的那家會出賣鍾家，曾想要追殺那一家人，不過在動手之前，對方似乎也察覺出自身的安危受到了威脅，因此舉家逃離，躲入深山之中。

那是發生在鬼王派也遷徙到台灣來之後的事情，而這個事件，也正是當年鍾家會北移的最大主因。

就是為了這次的決裂，在一時找不到對方蹤跡的情況下，擔心對方會因此暴露鍾家行蹤，最後才會連夜搬出南投，往北遷移到了新北定居最大的原因。

那個逃入深山中的鬼王派分支，後來也音訊全無，沒有人知道他們後來的狀況，到底有沒有將鬼王派的技藝傳承下來，也不得而知。

所以如果說外面有什麼分支，自己完全不知道的話，只有可能是那個後來被稱為「深山叛徒」的這一家了。

因此突然看到了少女，雖然十分震驚，但是當鍾家續回過神來的時候，立刻聯想到這一家。回過神來的鍾家續立刻對少女說：「妳是誰？是不是孫家的人？妳叫什麼名字？」孫家正是當年叛離鍾家逃到深山的鬼王派分支，因此鍾家續才會問她是不是孫家的人。

由於三人還是驚魂未定，愣在原地的結果，手上的手機仍然照向少女。

這時少女用手遮著自己的眼睛，冷冷地說：「你們不先把燈光放下來嗎？這樣不會太沒禮貌了嗎？」

在少女的提醒之下，三人才想到因為過於震驚，到現在都還拿著手機那充當手電筒的強力燈柱，照著對方的臉。

三人將手機放下，將光線照到四周，照亮這原本昏暗的空間，這時少女才把手拿下來，讓三人看清楚少女的面貌。

少女有一對圓滾滾的大眼睛，不過跟曉潔、亞嵐完全不同的是，年紀明明看起來就比較年輕，但是少女卻是濃妝豔抹，感覺就好像韓國系的那種妝容。

少女側著頭，上下打量了一下鍾家續。

「你這人真的很奇怪，」少女搖著頭笑著說：「為什麼所有人你都要知道？你有什麼資格知道所有人的名字？」

當然，如果是在平常，鍾家續也不可能這樣直接劈頭就要問少女的名字，但是因為強烈懷疑對方是鬼王派的，鍾家續才會這樣直接了當地詢問。

「因為我跟你是同門，」鍾家續說：「我是鍾家續，鍾家最後的血脈。」

如果這個少女真的是鬼王派的人，絕對會知道，在他們鬼王派之中，最重要也是最有地位的，就是鍾家續的這個鍾家了。

果然，當鍾家續報出了自己的姓名之後，少女臉色一變，只是那臉色不是驚訝，而是一臉狐疑。

「啊？」少女不以為然地說：「你是鍾家的人？你不說還真看不出來耶。」

「妳要看身分證嗎？」鍾家續冷冷地說。

「不必了，」少女搖搖頭說：「就算你姓鍾，也不一定是跟我同門，不是嗎？」

雖然一開始少女開口，三人就有感覺，不過現在終於聽得出來，少女雖然中文說得流利，不過卻有點腔調，感覺就好像鄉音。不過那口音聽起來，不太像是台灣人的口音，反而有種外國人的感覺。

而鍾家續被少女這麼一說，似乎也覺得有理，因此一時之間，還真不知道該怎麼證明，自己活這麼大都不曾被人質疑過的身分。

「不然這樣吧，」少女看鍾家續也拿不出其他證明，歪著頭說：「既然你說我們都是同門，那麼來一場鬥鬼怎麼樣？」

「啊？」鍾家續一臉困惑。

「我們用同階級的符，」少女笑著說：「看誰的鬼贏了，就是誰贏。」

雖然從字面上的意思，不難理解要做什麼，不過對鍾家續來說，這種說法與做法，還真的是第一次聽到，因此臉上露出極為困惑的表情。

少女見了，一臉訝異地說，「你該不會沒有鬥過鬼吧？」

鍾家續猶豫了一會之後，點了點頭。

「天啊，」少女難以置信地說：「你……確定你是鍾家的人嗎？」

儘管少女這麼說，但是鍾家續沒有聽過鬥鬼，是不會改變的事實。

因此少女也稍微解釋了一下，其實所謂的鬥鬼，還真的就跟大家乍聽這名稱，腦海中想像的差不多，就是雙方各拿出一張符鬼，然後用符鬼相鬥，來分出勝負。

「你沒鬥過鬼，」少女一臉無奈地搖搖頭說：「那這樣吧，你就用你最好的鬼魂，我就固定用縛靈好了，以免別人說我以小欺大。只要你能夠鬥鬼贏過我，不管你有什麼問題，我都可以回答你。」

聽到少女堅持一定要鬥，讓鍾家續真的很無言。

現在是怎樣？每個人都要跟自己決鬥，然後每個人都要讓自己，到底自己的實力有多麼不堪啊？

不過既然少女已經說了，只要自己贏，就會回答自己的問題，那麼就算鍾家續不想鬥也不行了。

然而所謂的鬥鬼，雖然概念很簡單，不過鍾家續很不明白，這麼做有什麼意義。基本上，在鍾家續的認知裡面，符鬼之間完全不需要鬥，打從一開始就因為階級的不同，有了強弱之分。

就像鍾家續跟曉潔、亞嵐解釋的一樣，除了元型之靈之外的靈體，在被收入符中之後，多少都會喪失一些自己本身的特色與強弱，雖然還不至於像是工廠生產出來的產品那樣一致，不過相去不會太遠。

更重要的是，只要把靈體從符中釋放出來，其實也不需要鬥，幾乎一眼就可以立判高低。就好像選美一樣，一目了然，所以沒人說鬥美吧？難不成真的要兩個美女互毆才行嗎？

也因為這樣，在鍾家續的認知之中，身為一個鬼王派的道士，要比較看看誰強誰弱，只需要像是打撲克牌那樣，在桌上攤出自己所有收服的鬼魂，就可以分出勝負了。

畢竟能夠抓到多強的鬼魂，直接就證明了一個鬼王派道士的道行高低。

雖然說，這多少也跟寶可夢的抓寶一樣，有些靈體可遇而不可求，不過大致上來說，就是這麼單純。

所以鍾家續不明白，這樣把鬼魂叫出來鬥，有什麼意義？

「真的有必要這樣動手嗎？」鍾家續一臉狐疑。

「當然，」那少女白了鍾家續一眼：「不然怎麼叫做鬥鬼？你中文是不是不太好啊？」

被一個中文有很濃重口音，發音不是很標準的少女，質疑自己中文不好，真的讓鍾家續又好氣又好笑。

「我不懂這樣有意義嗎？」鍾家續無奈地說：「叫出來的鬼魂有多強，不是早就已經有定數了？我們不能看看對方有什麼符就好了嗎？」

「雖然我已經有心理準備，」少女瞪大雙眼說：「不過，你還是嚇到我了，你真的是鍾家的人嗎？天啊，這水準也太低了。」

雖然少女打從一開始，就表現出直白的個性，說話也有點像是孩子一樣，讓鍾家續不想要太過於認真的應對，不過少女這一腳直接跨過紅線，講到了鍾家續的血統，讓鍾家續再也忍不住沉下了臉。

「好吧，」少女一臉無奈，攤了攤手說：「就讓你見識一下，不如這樣吧……」

少女掏出了一張符，光是看一眼鍾家續就知道，那張符是地縛靈的符。

在所有鬼魂，鬼王派的分類之中，地縛靈是最低階的一張符，幾乎只要會寫符的，都有機會可以收服。

雖然同樣有強弱之分，不過就像是少棒一樣，再怎麼強也不可能是成年人的對手吧？

「我就用這張，」少女擺了擺手上的符說：「你嘛，就隨便你。」

聽到少女這麼說，鍾家續瞇了瞇眼。

或許多少也有點好奇，所以鍾家續也想知道，這個所謂的鬥鬼，到底是怎麼一回事，因此考慮了一會之後，伸手掏符，準備接下這個挑戰。

手才剛伸進袋子，少女又說：「我勸你最好拿出你最好的符，不要小看我喔。」

聽到少女這麼說，鍾家續的手自然的放到了那張符上，因為這張符正是他最好的一張符。

不過轉念一想，猶豫了一下，鍾家續還是將手放開，轉而拿了另外一張符。

要對付地縛靈，真的不需要用到那張紅衣小女孩，光是那些山魅絕對就綽綽有餘了。

因此，鍾家續掏出了一張地怨妖，決定用這張符來鬥一鬥少女的地縛靈。

而鍾家續人生中，第一次鬥鬼，也就這樣開始了。

2

只要能夠在鬥鬼的方面贏過眼前的這個少女，自己就可以得到所有問題的答案。

這對鍾家續來說，是個完全沒有辦法抗拒的誘惑。

因為現在的他，比任何人都還希望可以得到這個答案。

為什麼除了自己之外，還有鬼王派的人在？

雖然說過去沒有鬥過鬼，但是在了解規則的情況之下，鍾家續完全不認為自己會輸。

因為這些被收服的鬼魂，雖然力量多少會有點不同，不過那差距真的微乎其微，如果雙方都使用同樣的靈體，那麼勝敗可能還很難說。

但是現在，對方用的是隨處可見的縛靈，自己只要使用個怨妖，就絕對可以立於不敗之地。

因此鍾家續怎麼都不明白，為什麼還要鬥，意義到底是什麼？

在鍾家續的觀念之中，這不就是等於撲克牌的比大小，抽出幾就是幾，從來沒聽過有人比大小還要讓這兩張牌互鬥，不是嗎？

不過一聽到鍾家續願意鬥鬼，少女倒是興高采烈的模樣，立刻拿出朱砂，並且在地上畫了個很大的圈，看起來就好像真的是一個競技場一樣。

三人靜靜地站在一旁看著少女，等著少女把鬥鬼要用的場地準備好。期間三人互相看了一眼，雖然什麼都沒有說，但是從三人臉上的表情，似乎都充滿了疑惑，完全不知道接下來到底會發生什麼事情。

就在三人還在交換著眼神之際，少女已經把場地圈好了。

「我想你們都已經開眼了，」少女對三人說：「所以就直接來吧。」

少女站到一邊，然後用手指著對面，示意鍾家續站到那一邊。

兩人站在朱砂圈的外圍，差不多相隔了將近十步的距離。

「那就請啦，」少女對鍾家續說：「把代表你的式神叫出來吧。」

聽到少女這麼說，鍾家續皺起了眉頭。

式神……這不是日本的稱呼嗎？

難道這少女，根本不是我們鬼王派的人，而是日本的人？

當然光憑一個稱呼就斷定對方來自日本也太奇怪，畢竟這只是個人的習慣。

鬼王派稱為符靈或符鬼，陰陽師們稱為式鬼，指的都是同樣的東西，就連鍾家續自己也曾經講過「式神」這個詞，因此光憑一個稱呼實在很難斷言。

不過如果加上少女帶些外國腔的口音，似乎這麼想也比較合理了。

還是說……當年的孫家，其實不是逃上山，而是移民日本？這樣的想法在鍾家續的腦海中浮現出來。

不管怎麼樣，只要能夠贏過少女，這些問題都可以得到解答。

因此，鍾家續將代表自己的符給拿了出來，不再多想這些事情。

看到鍾家續將符拿出來，少女用手比了比朱砂圈內，鍾家續拿著符的手向前一揮，一個靈體浮現在朱砂圈內。

在鍾家續這段時間所收服的靈體之中，力量最為強大的，當然就是紅衣小女孩。如果在那之下，就是這張地怨妖了。

拿地怨妖來對付縛靈，真的有種殺雞用牛刀的感覺。

這時鍾家續突然想到，一個父親曾經提起過的鬼王派弟子，那個弟子不是鍾家的人，而是別的分家所收的弟子。

由於在成為鬼王派弟子之前，那個弟子的本職是個軍人，在學會了鬼王派的技巧之後，就把十二種靈體，像軍隊那樣編排。

最常見的縛靈，屬於兵，就是我們軍隊中最多的一等兵、二等兵。

然後從魅開始，每個靈體都提升一個官階，像是惑就是上士，狂是上校，喪是准將，而階級最高的就是少將的凶、中將的煞以及上將的滅等三個最高的階級。至於十二種靈體之首的逆，就給了個元帥的地位。

雖然只是說笑，不過後來很多鬼王派的弟子，也都會學習他這種稱呼法，當作一點樂趣。

如果用這種階級來算，那麼現在兩人所用的靈體，真的是中校對小兵了。不管小兵多麼強，跟中校的實力也實在是相差太遠了。

另外一邊，看著鍾家續叫出了地怨妖的少女，挑了挑眉之後，臉上仍然保持著一抹微笑，看起來自信不減。

既然鍾家續已經叫出了自己的靈體，那麼接下來就換少女了。

少女將手伸入自己側背的袋子之中，掏出了一張符。

雖然燈光昏暗，不過少女的手勢，就已經讓鍾家續感覺到訝異了，因為就鍾家續所知，只有在一種情況之下，才會用這樣的手勢來喚出靈體。

這下鍾家續也才明白，難怪少女會如此有信心，因為她手上的那張符，應該就是專門用來收元型之靈的符。

由於曉潔跟亞嵐，在先前山上的時候，聽過鍾家續解釋，此刻看到鍾家續的表情，也大概猜到少女手上的符，就是先前鍾家續拿來收服紅衣小女孩的時候，使用的那種特別的符。

當然，這或許也沒什麼了不起的，畢竟鍾家續也有，甚至也開始了解到，為什麼少女會這麼有信心的原因了。

因為元型之靈可以維持靈體被收服前的力量，大部分的情況之下，都會比用一般符收服的靈體還要強大許多。

不過一個縛靈再怎麼強大，也不可能贏過怨妖才對吧？

而且除此之外，讓鍾家續更加難以置信的是，收服元型之靈這麼珍貴的符，有人會拿來收服縛靈？

難道說，少女真的當三人都是白痴，以為我們分不出靈體的身分，所以拿了張不是縛靈的靈體出來想要鬥鬼？

雖然說只要看一眼符上面的字，就可以看得出來，不過雙方距離有點遠，加上光線昏暗的緣故，鍾家續沒辦法看清楚符上寫的咒文，所以不能排除其實少女剛剛偷掉包，其實這張符根本就跟剛剛給鍾家續看到的符不一樣，不過只要少女一召喚出來，絕對不至於分辨不出來吧？

就在鍾家續這麼想的時候，少女手一揮，一個靈體也立刻浮現在靠近少女的朱砂圈內。

靈體的出現，證明了鍾家續的想法是錯的，少女並沒有拿別的靈體來代替，而是真正的縛靈，只是這縛靈的強大，確實遠遠超過了三人所能預料的範圍。

少女召喚出來的縛靈，確實有著縛靈的樣子，而且讓三人訝異的地方是，那個縛靈的身上，有著一條又一條的鎖鏈纏繞著他的身體，更恐怖的是，可以清楚地看得出來，縛靈還有著人的形體，不過整個人全身上下都散發著黑色的氣。不要說亞嵐了，就連鍾家續跟曉潔都沒有見過這樣的靈體。

整體看上去的感覺就好像有人用了不對的容器，去裝一個體積龐大並且不斷增加的氣體，導致氣體一直大量流洩出來一樣。

當然三人不可能光是看外型就知道少女所用的縛靈，力量到底有多強，只是當少女將這個靈體召喚出來的時候，不管是曉潔還是鍾家續，都可以立刻聞到一股濃烈的味道，那感應的力量，甚至比這邊原本的煞主還要強烈。

不過這也有可能是視覺效果的影響，才會讓兩人產生這樣的錯覺，畢竟一旁沒有修行的亞嵐，光是看到這靈體的模樣，也輕輕地倒抽了一口氣。

如果鬥鬼是比看看雙方誰的靈體比較有氣魄，或許雙方已經分出了勝負。

不過即便對方是元形之靈，又是如此有型，鍾家續還是對自己的怨妖有信心。

畢竟不管縛靈多強，應該也有其極限，至少鍾家續是這麼想的——再怎麼強的縛靈，也不會是怨妖的對手。

既然雙方都已經召喚出了各自的靈體，意味著鬥鬼也正式開始了。

對鍾家續而言，直到現在他還是覺得這個所謂的鬥鬼，真的是太蠢了。

於是，他希望可以快點結束這沒有意義的決鬥，他揮動手上的符。

在彷彿競技場般的朱砂圈中，代表鍾家續的怨妖，也有了動作。

怨妖看起來就好像一匹狼，甩了一下尾巴之後，立刻朝對面的縛靈衝過去，雙方距離不算太遠，因此兩三下就衝到了縛靈面前，跟著怨妖一躍，就這樣朝著縛靈撲過去。

面對怨妖的來勢洶洶，縛靈竟然連閃都不閃，就任憑地怨妖撲上自己的身上。地怨妖整個就撲在縛靈的身上，跟著張大了嘴，正準備咬下去，結果縛靈雙手一摟，就這樣抱住了地怨妖，力道之大立刻讓地怨妖發出了哀號。

光看地怨妖身形扭曲的模樣，讓一旁觀戰的亞嵐都忍不住為地怨妖喊痛。如果不是因為沒有實體，那力道的強大，恐怕不管什麼生物，都會被那縛靈這一摟給摟到骨折吧？

地怨妖痛苦地哀號了幾聲，接著頭一垂，完全失去了抵抗的力量，看起來就好像死去了一樣。

不管是誰看起來都可以明白，勝負已經揭曉，但是那縛靈完全沒有停手的樣子，就這樣繼續用力夾著地怨妖。

下一秒鐘，地怨妖就被縛靈摟進自己的體內，就好像整個被符靈吸收了一樣。在地怨妖被吸收進去的同時，鍾家續手上的符轟然一聲，燒成了灰燼。

就算沒有鬥鬼的經驗，曉潔跟亞嵐這邊也非常清楚，這場鬥鬼的勝負已經決定了。

鍾家續終究還是慘敗了，而且可以看得出來雙方實力的懸殊差距。

鍾家續的地怨妖，徹底輸給了一個縛靈。

面對這樣的結果，鍾家續鐵青著臉，瞪著對面的少女。

雖然說這跟自己所學的東西不一樣，按理說就鍾家續的了解，縛靈再怎麼強，也不可能強過怨妖才對，不過凡事都有例外，在這個經驗裡面，這個例外就是那個縛靈，是所謂的元形之靈。

因此有了這樣的結果，鍾家續不認為是縛靈的緣故，完全就是因為元形之靈的關係。

如果這是漫畫的世界，或許鍾家續可以有像七龍珠裡面，那些宇宙人擁有的單眼鏡片，可以測驗出靈體的力量，可以準確知道靈體的戰鬥力的話，就不會那麼驚訝。

問題就是沒有這種東西，當然也沒辦法估算雙方的戰鬥力，一邊是元形之靈，一邊是制式之靈。

雙方之間的差距到底可以有多大，這點鍾家續也不清楚。

靈體的力量源自於在成形之際，所擁有的靈力為基礎，在那之後，存在的時間以及這段時間裡面作亂的狀況，都會讓靈體的力量有所增減。

簡單來說，就是存在的時候害的人越多，力量就越大。

因此那些害人無數的鬼魂，往往力量都特別強大。

如果這樣的話，那麼惡名昭彰的紅衣小女孩，絕對不可能比對方還弱。

因為如果是紅衣小女孩的話，同樣都是元型之靈，彌平了這一部分的差距後，鍾家續相信結果就會完全不一樣，至少現在的鍾家續是這麼想的。

可惜的是，剛剛自己沒有聽從少女的話，拿出自己最強的靈體，因此才會有這樣的結果……

如果可以再來一次的話……

鍾家續有信心，紅衣小女孩一定可以……

可是鍾家續沒有那個臉，提出再來一場的要求。

就在鍾家續這麼想的時候，少女似乎對於眼前的結果不是很滿意，因此搖搖頭。

「再來一次吧，」少女笑著說：「用你剛剛那張猶豫不決的符吧，那張應該才是你最強的符吧？」

想不到少女不只技高一籌，就連觀察能力也不遜色，剛剛鍾家續確實在拿符的時候，有了些猶豫，因為少女說要鍾家續用最好的符，下意識就去碰了它一下，而正如少女所說的，那張正是鍾家續最好的符——紅衣小女孩。

可是……這明明是為了阿吉準備的。

雖然心中這麼想，不過眼前的少女有太多未解之謎，尤其是她的身世與名字，更是鍾家續急於想要知道的。

為什麼還會有自己不知道的鬼王派傳人，這對鍾家續來說，是現在最想要得到的答案。

如果沒有辦法正面打敗少女，那麼自己將得不到答案。

現在這個時刻，比起阿吉，鍾家續更需要打贏這場鬥鬼。

雖然說不清楚什麼是鬥鬼，更不清楚這樣做的用意是什麼，也不知道少女到底是去哪裡抓到這麼強大的縛靈。

不過，如果自己也相對使用元型之靈的話……

自己的眼前已經有太多不解之謎了，如今好不容易出現了一點線索，說什麼也要把少女留下來，讓她說出自己的名字與來歷。

因此，鍾家續不再有任何疑慮，緩緩地從袋子中拿出了那張符。

雖然說年紀看起來明顯就比三人還要輕，不過少女卻彷彿比三人都還要來得老江湖，一看到鍾家續手上的那張符，立刻瞇起了眼睛。

「哇，」看清楚符的少女，似笑非笑地搖著頭說：「你還真是讓我訝異啊，我沒想到你會有這樣的符，就憑你這三腳貓功夫，也能抓得到這麼強的靈體。」

少女停頓了一下，瞄了三人一眼說：「你們一定很努力吧？」

面對少女的挑釁，曉潔跟亞嵐都沉下了臉，只差沒有罵回去。

不過相對的，鍾家續卻異常冷靜，因為對他來說，現在最重要的就是眼前的勝負，鍾家續腦海裡只想著要打贏少女，一切都變得不重要了。

鍾家續不再猶豫，這一次，他準備用這一張對自己來說最重要的符。

這張符有著鍾家續人生至今的巔峰戰果，也就是名震天下，讓台灣人聞之色變的紅衣小女孩。

儘管人生中的第一場鬥鬼，有了個悲慘的下場，不過緊接著而上的這個上訴之戰，鍾家續有著絕對的把握，自己一定不會輸給對方。

就這樣，一場關係著鍾家續可以了解一切的戰鬥，就這樣再度展開。

3

鍾家續揮動手上的符，一個熟悉的身影再度浮現在三人眼前。

那個轟動台灣的紅衣小女孩，再度出現在三人面前。

對三人來說，紅衣小女孩真的可以說是賭命才抓來的，雖然其中多少也帶有點運氣的成分，不過說是三人這段時間努力之下最大的成果，一點也不為過。

至少這個紅衣小女孩原本所背負的命運，是要用來對抗那個強大的魔王阿吉所準備的。

但是如今，她卻被叫出來用來對付一個肯定還未成年的少女，而作用竟然是玩這種感覺起來毫無意義，又像是小孩子玩的扮家家酒遊戲。

這讓鍾家續的內心，有一股無奈的哀傷浮現。

不過為了得到少女口中的答案，鍾家續也只能配合玩這場可笑的遊戲。

在鍾家續的一聲令下，第二場鬥鬼就這樣展開來。

與前一場相比之下，紅衣小女孩的威力確實遠遠高出地怨妖許多。

在鍾家續將手往前揮之際，紅衣小女孩立刻朝著那個散發黑氣的縛靈踏出一步，而紅衣小女孩的身上也瞬間竄出兩道黑影，以飛快的速度攻向縛靈。

也不知道對方的縛靈是來不及閃避，還是根本不會閃避，跟上次一樣，就這樣動都沒有動就被兩道黑影擊中。

這一次，縛靈沒有辦法像上次被怨妖撲中那樣，沒有半點傷害，被黑影擊中的同時，身體也跟著被這個攻擊打得左右搖晃。

不只如此，被黑影打中的左肩與右手，也頓時被打出了一個洞，整隻右手也被這股力道給打到煙消雲散。

雖然說下一秒那個洞與右手，立刻被黑氣給籠罩，瞬間又生出一隻新的右手，肩膀上的洞也被填補起來，不過由此可見紅衣小女孩的威力，絕對不是先前那個怨妖所能相比的。

看到這一下，原本一直沉著臉的亞嵐與曉潔，都跟著眉開眼笑，只差沒有為紅衣小女孩喝采。

這一次不只三人有反應，就連原本一直信心十足的少女，似乎也看到了紅衣小女孩的力量，挑起了眉，浮現出略顯驚訝的神情。

就在四人都對紅衣小女孩的威力感到驚訝之際，紅衣小女孩再度發動黑影攻擊。

只是這一次，原本屹立不搖連動都沒有動的縛靈，似乎也知道不躲不行，拖著沉重的腳步，朝一旁避開。

避開了黑影攻擊的同時，雙方也已經到了短兵相接的距離，紅衣小女孩伸出手，一掌打在縛靈身上。

這一掌雖然又再度重創縛靈，不過紅衣小女孩的手也彷彿被那縛靈身上的鎖鏈纏住，騰在空中無法動彈。

雖然過了一會之後，紅衣小女孩就從那個束縛中掙脫開來，不過另外一邊的縛靈，也重整態勢，看起來也沒什麼大礙。

雙方就這樣纏鬥了起來，紅衣小女孩這邊每次攻擊，都能給縛靈帶來一定的傷害，不過與此同時，也都會被縛靈給纏住，需要掙扎一陣子才能脫開，而在紅衣小女孩掙脫之際，也是縛靈對紅衣小女孩轉守為攻的時間。

雙方就這樣你來我往，展開激烈的攻防。

跟上一場鬥鬼相比，在實力懸殊的情況下，一招就分出勝負來說，這一場真的可以稱為娛樂性十足，雙方都彷彿使出了渾身解數，毫不退讓地進行著激烈的攻防。

看著場內兩個靈體的惡鬥，就連鍾家續自己都不知道，原來紅衣小女孩的力量會如此強大，光是這樣看著紅衣小女孩發威，更讓鍾家續知道自己與曉潔、亞嵐可以抓到這個靈體，真的是天時、地利、人和所致。

如果換個場景與狀況，或許三人根本連一點機會都沒有。

除此之外，看著眼前鬥鬼的景象，也讓鍾家續的內心越來越疑惑了。

因為認定抓到的靈體，強弱早就已經注定，因此鬥鬼這種事情，根本沒有半點意義。

不過透過這次經驗，鍾家續似乎也逐漸了解到，這絕對不是一個小女孩突發奇想的遊戲，而且很可能真的是一個屬於鬼王派的傳統。

雖然沒有實際上的證據顯示，不過鍾家續感覺剛剛自己的地怨妖被對方的縛靈吸收之後，少女的縛靈似乎真的強了一點。

如果這是真的，那麼鬥鬼可能不是單純一種勝負的競賽，對鬼王派來說，很有可能是一種修行的過程。

雖然不知道這樣讓靈體成長的效果，是不是只限於元型之靈，還是說其他制式的靈體，也可以獲得成長。

但是單純就增強自己的靈體來說，鬥鬼很可能是不可或缺的一件事情。

除此之外，更重要的是，透過鬥鬼的過程，可以像現在這樣，觀察靈體的動作與習性，更可以幫助自己了解與熟悉這些靈體。

光是旁觀鬥鬼的過程，就讓鍾家續越來越明白鬥鬼的意義與存在的原因，也更加確定這確實很可能是鬼王派的傳統。

如果父親鍾齊德有教自己這個鬥鬼，說不定根本不需要真正出門闖蕩，也可以獲得很多寶貴的經驗。

但這就是問題了，關於鬥鬼的事，鍾家續卻是連聽都沒有聽過。

這到底是怎麼回事？為什麼父親沒有教自己鬥鬼這件事情？

原本還以為，自己是為了得到答案而鬥，但是現在越鬥浮現在鍾家續心中的疑惑卻越多。

而且對於鬥鬼可以讓靈體變強的這件事情，不單單只是鍾家續個人的感覺，而是眼前的鬥鬼，確實證明了鍾家續的想法。

因為這一次的鬥鬼真的很刺激，雙方有著不相上下的實力。如果靈體沒有成長，那麼憑藉雙方本身靈體的差距，不應該是這樣的戰況才對，尤其是這一次雙方都是所謂的元形之靈，理論上雙方的強度就應該回歸本身的實力，但是很顯然，少女所用的縛靈強度過於強大，如果不是經過補強，根本不可能天生有這樣的縛靈才對。

就像鍾家續所想的那樣，靈體的力量，主要源自於在成形之際，而這力量也往往注定靈體最終的分類，換句話說，如果靈體本身就有這樣的靈力，就不太可能被束縛成為縛靈。既然成形之際沒有強大的靈力，那麼在成形之後，先天的不利更讓他們不可能大量獵捕或併吞其他靈體，壯大自身的力量。

因此想要靈體可以擁有如此強大的力量，肯定是在被收服之後，靠著某些特定的手法來增強的結果。

光是靠著這場鬥鬼，鍾家續就非常清楚，少女會對於自己完全不知道鬥鬼這件事情顯得這麼驚訝，確實不是裝的。

畢竟現在就算說鬥鬼是鬼王派的基礎，自己都相信了，很顯然鬥鬼就是御鬼之術讓自己靈體成長的關鍵。不然，區區一個縛靈，不可能可以跟凶魔打到這種地步。

這讓鍾家續覺得自己不久之前，才跟兩人解釋的什麼御鬼之術的基本，說什麼鬼魂只要收一收，就不會改變之類的話。現在看起來，真的是笑話。

就在鍾家續逐漸了解到，鬥鬼確實很可能是自家技巧的同時，場內的戰況有了改變，紅衣小女孩這邊只是一味地猛攻，雖然說每次都似乎可以給對方重創，但是另外一邊彷彿有取之不盡、用之不竭的靈力，重創之後都能立刻復原，並且反攻，紅衣小女孩這邊逐漸失去力量，但是對方卻沒有半點衰弱的模樣，此消彼長的結果，原本均衡的狀況，也開始逐漸傾倒。

掙脫開縛靈束縛的紅衣小女孩再度發動攻擊，只是這一次，一拳打在縛靈身上，縛靈沒有被打穿。不過紅衣小女孩的手，卻仍然被縛靈身上的枷鎖纏住。

沒有被打傷的縛靈伸出手，掐住了紅衣小女孩的脖子，整個將紅衣小女孩舉起來。

看到這景象，三人原本還抱持的一絲希望，完全落空了，紛紛沉痛地閉上了雙眼或者是撇過頭去。

「真是太難看了。」少女沉下了臉，顯得很不悅。

面對少女的指責，三人沒有辦法辯駁。

「這樣的靈體，」少女冷冷地說：「真是太浪費了，被你收服，還真是她的恥辱啊。」

少女說完之後，將手一揮，那掐著紅衣小女孩的縛靈回到了少女那邊。

站在圈外的少女拿出另外一張符，將符貼在紅衣小女孩的身上，紅衣小女孩頓時被符吸了進去，與此同時，鍾家續手上的符也燒了起來。

不過跟上次不一樣的是，過於激動的情緒，讓鍾家續沒有將符脫手，就這樣任憑符火將自己的手燒得漆黑。

「如果不是我手下留情，」少女冷冷地說：「這女鬼今天已經被你玩死了，所以這女鬼我收下了。」

對此，不管三人願不願意，三人也知道根本沒有半點討價還價的餘地。

畢竟對方光是用一張縛靈就擊敗了自己最好的兩張符，如果雙方真的動起手來，光是對方隨便招幾個靈體出來，恐怕三人都沒有半點機會與之對抗吧？

紅衣小女孩，就這樣被奪走了。

少女將符收好之後，轉身頭也不回地離去，留下的是非但得不到答案，還痛失了三人千辛萬苦才得到的符的鍾家續。

更重要的是，鍾家續連續輸給了一個年紀比自己小的少女。

這嚴重的打擊，讓鍾家續跪倒在地上，久久沒有辦法站起來。

看著這樣的鍾家續，讓曉潔感到不捨，因為此刻鍾家續的感受，曉潔大概也能體會得到。兩人就好像同為天涯淪落人般，一個被奪走刀疤鍾馗，一個被奪走紅衣小女孩，還真的是難兄難弟。

臨走前少女最後的話，反覆在鍾家續的腦海中迴盪。

「我勸你啊，從今天起，還是不要承認自己是鍾家的子孫比較好，免得丟祖先的臉。」

愣愣地跪在原地的鍾家續，恨恨地緊握著拳頭。

人生，到底是哪裡走錯了？為什麼不管是誰，都比自己優秀？

面對這突如其來的一切，鍾家續只有憤慨到渾身發抖的能力……

整個世界，可以說在那場月下決戰之後開始崩壞，而且崩潰的速度遠比想像的還要來得快。

遇上一個跟魔王一樣強悍的阿吉，連自己的父親都不知道被誰所殺，現在又不知道打哪裡出來的這個野丫頭，幾乎是隨便就把自己打倒了。

看著這樣的鍾家續，亞嵐與曉潔無語。

畢竟這接二連三的打擊，讓原本還略顯得有點自信的鍾家續，重重地被打擊到體無完膚的地步。就算鍾家續因此放棄自己，兩人也不覺得意外了。

胸口飽含著熊熊的怒火，卻完全沒有辦法發洩出來。

如果自己曾經荒唐過、偷懶過、放縱過，或許現在可以輸得心服口服，沒有話說。

但是他沒有，所有父親教他的東西，他都好好學習，即便缺少練習的機會，他還是努力練習。

一路走來，鍾家續敢說絕對沒有任何人可以指責自己不努力，不過換來的卻是這樣的結果。

輸的，不是才華與能力，而是天生的宿命，這口氣叫人怎麼吞都吞不下去。

但是，如今又能如何呢？面對這懸殊的差距，就連鍾家續自己都不知道，這樣掙扎下去，究竟有沒有半點意義。

當然鍾家續的痛，曉潔絕對最能夠體會，因為不久以前，在月下決戰之際，曉潔面對自己的師父阿吉，不但完全沒有抵抗的能力，甚至就連手上的戲偶，都破天荒地被阿吉用同樣的戲偶搶過去。

跟鍾家續如今被一個比自己還年輕，完全不知道打哪裡冒出來的少女，用符鬼將自己好不容易才收服的紅衣小女孩奪走，曉潔感同身受。

仰望著天空，鍾家續有種井底之蛙的感覺，就好像一輩子都住在井底的青蛙，如今爬出了井底，出了家門，才知道世界有多大。

儘管如此，但是這實在太詭異了，唯一可以確定的是那個少女，確實是鬼王派的人，不過鍾家續是真的不知道，這到底是怎麼一回事。

少女離開之後，鍾家續還是跪在原地，久久都無法釋懷。

4

當晚，回旅館的路上，三人都沒有開口說話。

氣氛冰凍到了極點，那沉重的壓力，跟月下決戰相比，讓亞嵐感覺更加不好受。

雖然就結果來說，不管這次還是月下決戰，鍾家續都不敵對手，不過單純就感覺來說，對手不像阿吉那麼恐怖，不過或許就是這樣，對鍾家續來說打擊可能更大。

所以不管是曉潔還是亞嵐，都不敢在這個時候與鍾家續搭話。

三人就這樣默默地回到旅館，然後各自回房。

亞嵐跟曉潔回到了自己房間後，換了件寬鬆的衣服，經過了這一天，按理說應該很疲憊，但是兩人卻一點睡意也沒有。

雖然不像鍾家續那樣受到莫大的打擊，但是對兩人來說，那個謎樣的少女，還是給兩人心中帶來不小震撼。光是少女的身分，就已經讓人難以理解了。

從少女所用的手法跟情況看起來，少女應該確實是鬼王派的人。

雖然曉潔跟亞嵐也確實曾經想過，鬼王派有其他鍾家續不知道的人，不，嚴格說起來，應該說也只有這樣的推斷，才能夠合理讓鍾家續擺脫到處殺人的嫌疑。所以有這麼一個別的鬼王派出現，也算是可以理解的情況。

但是出現的鬼王派，卻是一個看起來比三人都還要年輕幾歲的小姑娘。

光是從外表來推測，少女大約十五、六歲，如果兇手真的是她的話，那麼最早的那件命案發生之時，少女也才十二、三歲，怎樣看來都不是很合理。

所以如果這些命案真的跟這個少女有關的話，真正下手的兇嫌，最有可能應該是少女的師父或者是同門的師兄弟，這樣還比較合理一點。

不過推論到這裡，就有個更讓人頭痛的問題了，那就是少女現在就已經贏過鍾家續了，那麼她的師父恐怕實力只會更強。

光是這一點就足以讓曉潔感覺到頭痛了，不過相對來說，少女的出現，似乎也意味著三人與阿吉之間的對立關係，出現了改變的曙光。

既然還有其他鬼王派的人存在，那麼鍾家續就不是那個「理所當然、僅此一人」的兇手。

雖然話是這樣說沒錯，不過要不要相信鍾家續，還是需要看阿吉個人的想法，就連曉潔也知道，光是有了其他嫌疑人，也不能證明鍾家續的清白。

所以最糟糕的狀況可能就是腹背受敵，不只有阿吉這邊不相信三人，就連鬼王派那邊說不定也有可能是敵人。

雖然說從少女的態度看起來，跟鍾家續或者兩人之間，都沒有什麼敵意，即便雙方鬥鬼，也只是切磋的意思，並不是真的要拚個你死我活。不過在什麼都不知道的情況之下，是敵是友還言之過早。

雖然說少女最後的那句話，要鍾家續不要再當鍾家人的這件事情，多少帶有貶義，甚至對鍾家續而言，很可能極盡侮辱，不過不知道為什麼，曉潔總覺得，這句話似乎不是單純想要侮辱鍾家續的感覺。

畢竟同樣的話，用不一樣的口氣說出口，有時候會有完全不一樣的意思與感受。

這句話就是最好的例子，曉潔當然明白，這句話不管用什麼態度說出來，可能都會讓人難以心平氣和地接受，尤其是對方剛剛才打敗了自己，還把紅衣小女孩奪走的情況之下，這句話不管怎麼聽都只有侮辱。

但是在曉潔的耳中聽起來，卻有一種真心想要勸告鍾家續的感覺。

如果真的是這樣的話，那麼雖然立場上，雙方很有可能敵對，但是就少女的應對看起來，非但沒有敵意，還似乎有點同情鍾家續的感覺。這讓曉潔感覺到這個少女的身分，似乎真的有必要追查一下。

想是這麼想，但是想要追查一個不知道打哪冒出來，而且只見過一次面，連半點資料都沒有的少女，恐怕就連徵信社的專業人員或者是警察也沒辦法做得到吧。

「鍾家續的狀況……」亞嵐抿著嘴打破了沉默。

話都沒有說完，曉潔就點了點頭表示了解。

因為不管是誰都可以猜想得到，鍾家續內心恐怕受到了嚴重的打擊與震撼。

在月下決戰過後，兩人就已經感受到了鍾家續的改變，與第一次見到他的時候相比，剛認識時候的鍾家續，可以說是個自信滿滿的人，不管做什麼都很有自信的模樣。

現在的鍾家續，這樣的銳氣早就已經不復見了，尤其是在父親鍾齊德身亡後，這種轉變也變得更加強烈。

雖然不至於到沉默寡言，不過處事與說話的態度，都變得比較內斂，取而代之的，反而有一種時不我予，跟對長期被壓迫所產生的負面情緒。

就是因為這樣的情緒，才讓曉潔對於鍾家續的轉變，充滿了擔心，因為沒有任何人知道，這樣的轉變到底最後是變好還是變壞。

這倒不是鍾家續個人的問題，光是就兩人對鍾家續的了解，以及這一路走來的經歷，說穿了，就算鍾家續從此變得憤世嫉俗，甚至產生強烈的反社會性格，兩人也不會覺得意外。

而且這一切的變化，還是在今晚這個謎樣少女出現之前的情況。

如今，跟先前就已經產生的變化相比之下，恐怕情況只會更加糟糕吧？

雖然當初輸給阿吉，但是阿吉年紀比鍾家續大，經驗也遠比鍾家續豐富很多，就算兩人的資質相當，在這兩者的差距之下，輸了也不是什麼太難受的事情。

因此跟阿吉之間的對決，真正讓鍾家續難受的，恐怕不是「輸」給阿吉這件事情，而是阿吉的實力遠遠超過自己所能想像，另外就是自己沒有辦法跟阿吉站在同樣的起點，從小就被打壓等等不平衡，才是讓鍾家續難受的關鍵。

但是今天，面對比自己還要小，而且很可能是同樣出自於鬼王派的少女，實力差距不見得有像阿吉與自己那樣懸殊，但是對鍾家續來說，絕對是完全不同層次的感受。

很顯然那少女贏過鍾家續，不單單只是力量比鍾家續強而已，有很多東西甚至都是鍾家續不清楚的。

敗給少女這件事情，恐怕自尊受損的程度，比敗給阿吉來說，還要更加慘烈數十倍，而且更糟糕的是，自尊的傷害還是最輕微的一個環節。

更重要的是，同樣身為鬼王派，而且又是地位最崇高的鍾家子孫，為什麼反而傳承下來的技藝，完全不如這個身分不明的少女？

這恐怕才是對鍾家續來說，最難以接受的事情吧？

面對如此沉重的打擊，就算鍾家續想要退出，在這種情況之下，曉潔也不會反對，更不會有半點責怪他的意思。

只是，就算鍾家續不再繼續追查下去，不表示其他人就會放過他……

如果可以的話，曉潔還是希望鍾家續不會被這次的打擊打倒。

所以兩人在交換了意見之後決定，明天說什麼都要好好跟鍾家續聊聊，至少讓他發洩一下，不然這樣下去，光是這些內心的痛苦與苦悶，都會讓人生病了。

只是兩人根本沒想到，兩人的這個計畫根本沒辦法實行。

因為第二天中午的時候，兩人到鍾家續的房門前，不管怎麼敲門，都沒有人回應，之後到櫃檯詢問才知道，原來今天一大早的時候，鍾家續就已經退房離開了。

看樣子，這一次的打擊，真的成為了壓垮駱駝的最後一根稻草。

曉潔也試過打手機給鍾家續，但是卻連接都沒有接上，就轉接語音信箱了。

兩人最擔心的情況還是發生了，在這些接二連三的打擊之下，鍾家續終於真的崩潰了。

第6章・一模一樣的鬼魂

1

阿吉清醒過來，眨了眨眼。

腦海裡瞬間浮現出大量的影像，感覺就好像自己剛剛才從一場睡夢中清醒了一樣。

等到阿吉從回憶中甦醒過來時，一股撲鼻的香味，刺激了他的腦子。

定睛一看，眼前擺滿了一桌豐盛的好菜，看到這桌好菜的同時，飢腸轆轆的感覺也隨之席捲而來。

看著眼前擺著一碗香噴噴的白飯，阿吉再也忍不住，拿起了碗筷，立刻開始大快朵頤。

「想說你很久……」坐在旁邊的玟珊，看著囫圇吞棗的阿吉，笑著說：「沒有好好清醒吃頓飯了，所以今天特別晚點開飯，讓你可以好好吃，品嘗品嘗這些美食的味道。」

正如玟珊所說的，雖然說清醒之後，阿吉還是可以記得自己中午跟晚上吃了些什麼，不過根本不可能品嘗到味道，感覺就是很無趣。

如果一直這樣下去，自己可能真的會忘了吃飯是件這麼幸福的事情。

就在阿吉重溫著吃飯的美好，以及飢餓時進食的幸福感時，阿吉不免心想，如果可以選擇的話，或許就這樣終老也是件不錯的事。

就經濟層面來說，不管是鄧家廟，乃至於這座無偶道長的廟，要維持兩三個人的基本生活，應該還是勉強過得去才對。

根本不需要為了這些恩恩怨怨，再去拚個你死我活。

過去，在宗教可以進入朝廷，扮演重大角色的日子，或許這樣的爭鬥背後，隱藏著莫大的利益，但是到了現在的時代，就算為了香油錢，也真的不用這樣拚搏，更不要說鍾馗家自身只是單純分成兩家的狀況，就連數以十計的宗教組織並存在這個社會都已經沒有太大的問題。

在這種情況之下，為了爭所謂的正統而引發爭鬥，實在是件非常愚蠢的事情。

不過阿吉也很清楚，這不是自己這麼想就可以了，如果對方一定要血鬥，自己也只有正面迎戰一途。所以這樣的想法，對阿吉來說，可能真的是遙不可及的夢想。

吃飽飯後，兩人休息了一會，這時候阿吉的電話響起，打來的是陳憶玨。

電話中的陳憶玨，簡單地向阿吉報告了一下目前案件的進展。

先前因為嫌犯只有兩個人，而且一起死在看守所裡，調查之後雖然知道他們是從日本回國，不過其他就沒有多少可用的情報了。

但是這一次，因為另外又有兩個人，可以互相交叉比對，感覺可以獲得更多的線索。

當然，透過比對的結果，第一個指向的地點，還是日本。

另外兩個人其中年紀較長的，也就是阿吉比較在意的那名中年男子，二十多年前離開台灣，輾轉去過許多國家，然後才在日本停留比較長的時間。

另外一個，是旅日華僑，久居日本多年，也是跟其他三人一樣，這幾年比較頻繁地往返台日兩地。

換句話說，這四個人全部都是從日本回來台灣的。

如果可以的話，當然還是希望可以找到更多相關的訊息。

目前只知道，這四個人都是在三年前J女中大戰之後才來到台灣的。

掛上電話之後，阿吉不免低頭沉思。

日本的鬼王派……

想了一會之後，阿吉抬起頭來，就看到玟珊瞪大了雙眼，靜靜地等待著自己分享心裡的想法。

畢竟玟珊也是當事人，因此阿吉還是將這段過去告訴了玟珊。

一切都是從第二代開始，在鍾馗祖師仙逝之後，這些繼承了鍾馗祖師衣缽的第二代，立刻面臨很嚴重的問題。這些第二代不管是能力還是武力，都不像祖師鍾馗那般強大，因此就算有了口訣，缺少了力量的他們，還是沒有辦法對付大部分的靈體。

後來順利解決這個問題的關鍵，就是鍾馗戲偶的導入以及跳鍾馗的誕生。

只是在引入戲偶跳鍾馗解決了這個問題的同時，也帶來了血染戲偶的誘惑。透過血染戲偶的方法，可以讓人瞬間擁有強大的力量。

其中一個弟子因為無法抗拒這樣的誘惑，選擇徹底墮入魔道，力量也獲得了大幅的提升。

那個墮入魔道的弟子雖然擁有強大的力量，不過最後在眾師兄弟的圍攻之下，只能選擇潛逃海外。

而這名潛逃海外的弟子，所逃往的國家就是日本。

在這之前，日本就已經存在了類似中國道士身分的人，他們被稱為陰陽師。

那個弟子到了日本之後，也讓陰陽師內部產生了變化，他們開始跟現在的小說所描寫的一樣，學會使用了各種式神、小鬼，其實就是因為他產生的影響。

在那個時候，雖然還沒有出現鬼王派的名稱，不過本家每個人都知道，在日本有著一個墮入魔道的邪魔歪道，如果有機會的話，一定要將之除掉。

不過隨著時間流逝，這樣的想法也越來越遙不可及，因為在那名弟子的影響之下，鍾馗派墮入魔道之後的技藝，也確實在日本扎下了根，那些被本家視為邪魔歪道的御鬼之術，在陰陽師間廣為流傳。想要真正除掉這些人，逐漸成為一個不可能的任務。

不管怎麼說，在那名弟子逃到日本去之後，雖然本家有這樣的心，不過一直都只在意識形態方面保有這樣的敵對思想，整體來說，沒有任何實際上的作為，甚至連派人到日本去打探情報，追查那名弟子的下落，都不曾做過。

雙方就這樣一直維持著數十年，直到日本進入平安京的時代，鍾馗派終於有了一次機會，可以處理這個宛如芒刺在背的棘手難題。

在平安時代，發生了一起後來被寫成小說流傳於世的陰陽師之爭，而在這場爭鬥的背後，確實有鍾馗派與那個叛徒之間的角力，藏身其後。

由於其中一方得到了第二代鍾馗派叛徒的真傳，所以其實就實力來說，是要比後來聞名天下的安倍晴明這邊還要來得強大。

為了彌補這個差距，鍾馗派本家也暗中幫助了安倍晴明，傳了些關鍵的口訣，進而讓安倍贏得這場陰陽師大戰。

這是鍾馗派各派繼承人都知道的歷史故事，雖然不是人盡皆知，但是各派的繼承人，應該都知道這件事情。

事實上，如果當年不是因為時間緊迫，沒有那麼多時間可以上這些歷史課的話，關於這段歷史，阿吉也絕對會告訴曉潔。

因為雖然已經是歷史了，但是傳承下來的腳印，還是需要繼續傳承下去，所以基於這個原因，阿吉還是會把這段歷史告訴曉潔。可惜的是兩人之間並沒有那麼多時間，所以一直到現在曉潔也不知道這段過去。

不過今天阿吉還是將這個過往在今天傳承了下去，只是如今對象換了，變成了玟珊。

當然鍾馗派這邊協助也不是無條件的，其中一個條件，就是要抹消鍾馗派的紀錄。在當時的本家看起來，那名叛徒與外傳的御鬼之術，都是件不名譽的事。為了本家的顏面，所以不希望留下任何紀錄的關係，才會以此當作交換條件，協助其中一方，從歷史的陰暗面幫助安倍晴明這邊得到最後的勝利。

至於安倍那邊在得到了最後的勝利後，也確實實現了這個承諾，不但沒有多少人知道這些事情跟鍾馗派有關，更不知道流傳後世的這些東西，其實打從一開始就是鍾馗派的叛徒傳過去的。

雖然說抹消鍾馗派的存在不算太難的事情，但是想要徹底把一切影響都消除，根本是不可能的任務，因此就阿吉所知，相關的御鬼之術，甚至於那名叛徒到日本之後，流傳下來的血脈，有很大的機會存活下來。

不過這些就不是本家或者是安倍晴明所能改變的事情了，畢竟就連安倍晴明這邊的陰陽師，也學過那名叛徒的御鬼之術，想要連根鏟除，本來就是件不可能的事情。

後來經過了多年以後，鍾馗派陷入了分裂的危機，十二門的掌門墮入魔道之後，從本家分裂出來，鬼王派的名稱也於焉誕生。

也因為這個關係，後來的人們將日本那些可能留下來的後代，稱為日本的鬼王派。

如果說，本家跟鬼王派的恩怨，要算是古老的歷史，那麼本家跟日本之間的恩怨，真的就算是遠古時期了。

因此如果這些人，真的是那些日本鬼王派的後人，不免會讓人懷疑，真的有人會為了數百年前的恩怨，一直記恨至今，然後對那些仇家的子孫動手？

不，甚至不是子孫，畢竟鍾馗派或鬼王派都不是家傳絕技，大部分的師徒，不一定有親子關係。

簡單來說，如果當年跟孔子有仇的人，不就可以殺光所有接受過儒家教育的華人？這也太離譜了點吧？

就當年的情況來說，不難想見的是，當年的平安京時代面臨到的危機，御鬼之術在完全沒有半點與之抗衡的力量之下，人性的腐敗，恐怕也只有更加恐怖而已。可以操控鬼魂來達成實現許多個人的野心，光是這一點，就足以讓人為所欲為了。

因此阿吉也可以理解當年鍾馗派的前輩們，決定要介入的原因，雖然說對鍾馗派來說，當時平安京的雙方都是墮入魔道的後代弟子，都傳承了所謂的御鬼之術，不過誰是誰非似乎不言而喻，面對另外一邊想要靠著這樣的御鬼之術來危害他人相比，本家的立場自然不會袖手旁觀。

除此之外，如果再加上打從一開始想要抹消叛徒的想法，這樣的合作似乎也是理所當然的。

而就阿吉所知，合作的另外一個條件，當然也是跟鍾馗派的傳承有關，就是在那一代之後，御鬼之術不能流傳下來，至少……不能在檯面上流傳下來。

這些就是所謂鍾馗派的官方歷史。

但是實際上呢？事實真的是如此嗎？

恐怕現實的情況，也有些出入，就算安倍等人真的沒有把御鬼之術流傳下來，但是那時不是只有安倍一個人會這樣的御鬼之術，幾乎普遍大部分的陰陽師都會，要完全禁止流傳下來實在很有難度。

所以如果說日本的鬼王派已經消失了，似乎也有點太過於武斷。

不過就像阿吉自己跟玟珊的感覺一樣，這相隔數百年之後的恩怨，真的有必要報嗎？他們的目的到底是什麼？為什麼特別挑選這樣的時間點來？

這就是阿吉剛剛掛上電話之後，一直在思考的問題。

原本阿吉也是怎麼想都沒有辦法想出一個可能的方向，不過在跟玟珊講述這些歷史的同時，似乎另外一個想法逐漸浮現出來。

在講到鍾馗派與陰陽師安倍晴明合作的時候，一個可能性確實浮現在阿吉的腦海之中。

阿吉想起了當時J女中決戰時，阿畢死前所說的話。

當時的阿畢曾經威脅過阿吉，如果自己死了，那個天逆魔，也會跟著被釋放出來。

當下面對這樣的阿畢，阿吉只有一個想法，那就是——果然是墮入魔道的人。

印象中呂偉道長曾經提過，以符御鬼，就是墮入魔道最甜美的果實。

就好像本家借助鍾馗祖師的神威一樣，即便奉鬼王鍾馗為祖師的鬼王派，也需要借助鬼王鍾馗的神威，來駕馭這些鬼魂。

嚴格說起來，雖然不管什麼靈體都有可能收服，但是像天逆魔這樣強大又恐怖的靈體，普天之下恐怕沒有人有足夠的力量，用符來收服這樣的靈體。

因此想要收服這樣的靈體，可能就需要用肉身了，將肉身變成符一般，來禁錮這樣的靈體。

當然也會隨著肉身死亡的同時，將靈體釋放出來，這就是阿畢有恃無恐的原因了。

一般正常人絕對會被阿畢這樣玉石俱焚的概念給震懾住，不敢輕取阿畢的性命。

偏偏那時候，阿吉早就已經有了死亡的覺悟，才會無視這樣的威脅，接受玉石俱焚的代價。

這就是當年J女中決戰時，發生的事情。

當下阿吉沒有什麼其他的想法，不過等到事過境遷之後，再回首看這一切，還有另外一個疑惑讓阿吉覺得不解，那就是阿畢墮入魔道的時間與方法。

從阿畢的說法推測，他墮入魔道之後沒多久，似乎就對呂偉道長發動攻擊，如果是這樣的話，大概就是五、六年的時間。

這樣的時間，說長不長、說短不短，然而重點還是在無師自通的情況之下，阿畢墮入魔道的時間雖然可能比劉易經長，但是在墮入魔道時的功力，肯定遠遠不如劉易經強。

但是在交手之後，阿畢的實力恐怕不在劉易經之下，這也是阿吉不了解的地方。

如果結合現在得到的情報，不免讓阿吉心想，會不會當時的阿畢就已經跟日本的鬼王派搭上線了？他可以在這段時間之內，超越劉易經，會不會也是因為日本鬼王派的協助？

如果是這樣的話……阿畢的後手真的只有天逆魔嗎？

就算阿畢沒有跟這些人有關，那麼光道長呢？事到如今，似乎也不得不有所聯想，會不會他們也跟日本的那些鬼王派合作？

只是就算是如此，阿吉還是不清楚，到底這麼做，對這些人來說，有什麼意義……

2

自從在台南遇上了曉潔跟亞嵐後，兩人幾乎是用最快的速度回到了無偶廟。

因為擔心阿吉最大的秘密被對方知道的情況下，對方很可能會選擇在白天發動偷襲，所以大部分的時間，兩人都在無偶廟中待著，將大門深鎖，靜靜等待陳憶玨那邊有新的消息。

就這樣安靜地過了幾天之後，這天上午，玟珊接到了電話，來電的人是在醫院照顧伯公的安仔，因為早上阿吉沒有辦法清醒接電話的關係，所以安仔直接打給玟珊。

在經過了這麼多不順的事情後，兩人終於得到了一個好消息。

那就是趙伯公，也就是照料這座無偶道長的廟一直到退休，卻在日前被不肖歹徒傷害的伯公，狀況終於回穩，也在前天醒來了。

醒來的他，似乎有事情希望可以跟阿吉說，所以安仔打電話給玟珊，將這件事情告訴她，希望她可以傳話給阿吉。

當然這對兩人來說，本來就是不可多得的好消息，因為阿吉這邊也有很多問題，想要問伯公。

晚上等到阿吉清醒後，兩人二話不說，立刻前往醫院，兩人小心地避開院方人員，來到了伯公的病房。

知道阿吉會來的安仔，今晚也特別留在病房中，等待著兩人到來。

伯公確實如安仔所說的一樣，雖然看起來還有點虛弱，不過至少精神方面回復了不少，說話也比較有力。

雖然說還不知道伯公到底要跟自己說什麼，不過最讓阿吉在意的，還是當初安仔轉述伯公說過的那句話。

「鬼……還是來了啊。」

這句話的鬼，到底是不是指鬼王派呢？正是阿吉所好奇的事。

如果是的話，會不會意味著，其實這些阿吉以為已經成為歷史的恩怨，其實都還是正在發生的進行式？

第一次見到趙伯，大概是阿吉六、七歲的時候，雖然說那時候的趙伯，看起來就是個老人家，比自己的師父呂偉道長還要老。

不過這些年下來，感覺趙伯保養得很好，就總還是那個老人的模樣。

但是，在經歷了那場襲擊後，躺在病床上的趙伯，瞬間給人年邁許多的感覺。

在阿吉決定造訪之前，也再三請安仔跟醫生確認過，此刻趙伯的狀況確實已經穩定下來之後，阿吉才願意到醫院問問趙伯。

雖然還是多少希望現在的趙伯可以不要管那麼多，就先好好調養自己的身子，不過隨著對方現在出手越來越頻繁，如果不快點把那些人抓出來，不只有么洞八廟的人不安全，就連趙伯在醫院也不能讓人放心。

所以阿吉還是決定問問看這個從無偶道長時代，就一直守著無偶廟的伯公，到底知不知道現在到底是什麼狀況。

因此，趁著阿吉清醒之際，玟珊與阿吉再度來到了醫院，在確認了趙伯的狀況後，阿吉知道不管是自己還是伯公的清醒時間都有限，因此就直接切入主題了。

「伯公，」阿吉問：「你還記得，你來醫院的時候，跟安仔說的話嗎？」

趙伯想了一會之後，緩緩地搖了搖頭。

「阿公啊，」安仔在一旁提醒伯公：「你忘記了嗎？你一直抓著我說，鬼還是來了啊。」

聽到安仔這麼說，伯公沉下了臉，看了阿吉與安仔一眼之後，似乎有點為難的模樣。

見到伯公的這模樣，阿吉跟安仔使了個眼色。

「阿公，」安仔勸著自己的阿公說：「現在對方都已經殺到門口了，如果你知道什麼，就跟阿吉說吧，他是國師唯一的弟子，現在也算是我們的老闆了，你如果知道什麼，應該要跟人家說啦。」

阿吉用手比了比脖子，示意安仔說得太過了，安仔才抿上嘴。

而伯公聽了安仔說的話，似乎也覺得很有道理，因此緩緩地點了點頭。

「鬼……」伯公哭喪著臉說：「當年殺了大道長的就是……鬼。」

伯公口中的大道長，阿吉知道是伯公對無偶道長的稱呼。

原本還以為，伯公所說的鬼，指的就是鬼王派，不過現在聽起來，又好像不太像。

「鬼？」安仔一臉不解。

阿吉也覺得有點奇怪，因為當時聽起來伯公所說的，是那些襲擊廟宇的人，怎麼現在聽起來，反而跟無偶道長的死有關。

當然，對於無偶道長的死，以及當年發生的事情，也都是阿吉很想知道的，因此也不想打斷伯公，希望他可以繼續說下去。

「阿偉要我不能把這件事情告訴任何人，」伯公說：「不過……今天，可能需要跟你們說一下了。」

趙伯口中的阿偉，指的就是阿吉的師父呂偉道長。

雖然不知道為什麼師父會這樣交代伯公，不過從日後呂偉道長自己的行為看起來，確實可以理解，這是呂偉道長會做的事情。不過同時也讓阿吉感覺到，過去發生的事情，可能真的有一定的嚴重性，不然師父應該不會這麼強調才對。

沉吟了一會，調整好自己情緒的伯公，彷彿回憶起當年的狀況。

「我有看到，」伯公說：「殺害大道長的人。」

聽到趙伯這麼說，不管是阿吉還是安仔，乃至於站在後面的玟珊，都是一臉驚訝。

因為無偶道長的死，一直到現在為止，都是鍾馗派近代最大的謎，沒人知道到底是誰殺死他的，因此道上才會有許多奇怪的傳聞，從呂偉道長或光道長是兇手，一直到各種天馬行空的故事都有。

不過不管那些傳言到底是真是假，唯一可以確定的是，無偶道長確實是遭人殺害，只是長年以來，沒人知道兇手是誰。

誰知道原來這些年來，伯公一直都看過兇手的真面目。

這也更讓阿吉好奇，到底是誰值得自己的師父如此保護著，還要伯公不能告訴其他人。

三人靜靜地等待著伯公將自己知道的事情說出來。

「殺害大道長的人，」伯公的眼神流露出恐懼的神情：「是跟大道長長得一模一樣的鬼。」

聽到伯公這麼說，讓三人都不禁皺起了眉頭，因為這個答案，真的讓人難以接受。

「阿公，」安仔一臉調侃：「你那麼早就老花了喔？國師要你不要跟人家說，是怕你被人家誤會吧？」

聽到安仔這麼說，連玟珊都忍不住露出笑容。

很顯然地，這個答案不管是安仔還是玟珊，都十分難以接受。

不過經驗老到的阿吉，腦海裡卻有了另外一個想法。

會不會是自蝕？因為速度很快的關係，所以讓伯公看起來像兩個不同的人？

「伯公，」阿吉說：「你確定嗎？他們有好好站在一起嗎？還是說你看到兩個人在互相打鬥？」

趙伯公搖搖頭說：「我看得很清楚，他們兩個人站在那裡，不是我眼花。」

聽到伯公這麼說，阿吉也沒有話說了。

當然，比起阿吉跟安仔來說，不管是呂偉道長還是無偶道長，因為玟珊都不曾見過，就意義層面來說，比較像是八卦的味道。事實上，比起這次的事件，過去發生的事情頂多就是八卦。

然而眾人今天之所以前來，是為了現在正在發生的事情，不是八卦，因此玟珊才覺得不解。

「那這跟現在襲擊的人有什麼關係呢？」玟珊問道：「為什麼伯公你會說鬼還是來了。」

玟珊這句話一出，阿吉跟安仔也想到這裡，一起回過頭看著伯公。

「對啊，」安仔問：「阿公那你為什麼會這樣說？來的人跟大道長長得完全不一樣，為什麼你會有同樣的感覺？」

「因為，」趙伯公沉吟了一會之後說：「他們都有那股味道……」

「味道？」安仔挑眉。

雖然安仔與玟珊聽得都是一臉狐疑，不過一旁的阿吉倒是想到了，鬼王派的人襲擊伯公的時候，伯公其實沒有看清楚對方的長相，因為對方是從背後偷襲的，至少阿吉趕到的時候，看到的就是那傢伙從後面攻擊伯公的樣子，所以伯公很可能沒有看到對方的長相。

會說出這樣的話，確實只有味道才有可能說得過去。

「會不會因為伯公也有修行，」玟珊輕聲地問阿吉：「所以聞得到一些奇怪的味道？」

這時候的玟珊也知道，有修行的人，遇到靈體的時候，會有些身體不適的現象。

「不，」阿吉搖搖頭說：「雖然伯公在廟裡服務多年，但是就只是一般的員工，沒有學任何鍾馗派的東西，就跟何嬤一樣。」

在回答玟珊的同時，阿吉也領悟到，或許就是因為伯公完全沒有修行，所以才會特別注意到那股味道。這麼一提，阿吉也想到了過去曾經聽師父呂偉道長提過，鬼王派的人身上有種奇特的味道。

由於長期需要維持著血染戲偶的狀態，讓他們就好像屠夫般，常常都要接觸到血液，所以長時間下來，有些比較不注重個人衛生的人，容易累積這樣的氣味。

那種氣味說穿了就是——血腥味。

「我聽師父說過，」阿吉跟玟珊解釋：「鬼王派有很多東西，可以用得到血，畢竟他們本身就是一個以血為入門的門派。經年累月下來，身上常常都會有那股味道。」

可是如果是這樣的話，那個當時看到的跟無偶道長一模一樣的人又是怎麼回事？

想到這裡的阿吉，臉上也不免露出疑惑的神情，看著三人都是一臉疑惑的神情，伯公搖搖頭，決定把這件事情的始末，一五一十地告訴三人。

3

「我看過那個鬼兩次，」伯公回憶說：「第一次是在大道長被人殺害的一年多前。」

雖然伯公才剛清醒，身體狀況似乎也有點虛弱，不過還是把當時的景象，告訴了三人。畢竟，當年發生的事情，也算是伯公漫長的人生中，最難以忘懷的一段時光。

第一次見到那個鬼，伯公還記得很清楚，那一天很晚，那時候的光道長，常常都不在廟裡，因為大道長給他很多事情忙，所以光道長三天兩頭都得要外出辦事，幾乎都不在廟裡。

相對來說，雖然這時候的呂偉已經學成出師，不過因為經驗還不夠，所以大部分的時候，還是光道長出面。

其實會有這樣的情況，主要也是兩個師兄弟的個性使然。

從以前就比較樂天的呂偉，不求聞達於諸侯，真的就像是躬耕於南陽的農夫，只不過他種的是自己的修行，所以對於這些可以外出練習的機會，他也不是很積極的爭取，總是在光道長忙不過來，而且相對之下又比較簡單的事情，無偶道長才會讓呂偉去小試一下身手。

但是光道長就不一樣了，打從一開始就希望打響自己名號的他，在學成之後便積極外出，想要快速累積自己的名聲與功力，兩相對比之下，才會形成這樣的情況。

光道長學成之後，經常不在廟裡，但是呂偉還是一直在廟裡練習，磨練著自己的修行。

那一天，跟平常的日子一樣，廟裡只有大道長與呂偉，然後就是伯公了。

看看時間也晚了，伯公準備鎖上大門，因此走到了大門前，準備將大門上鎖，然後就可以休息了。

伯公走到廟前，才剛看到大門，就看到了無偶道長從正廳走進邊廊，正準備到後院去。

原本還以為無偶道長在後面的伯公，看到了無偶道長正準備往後院走，而且又似乎才剛從外面進來，因此才想說跟無偶道長說一聲，自己要鎖門了，看看他有沒有什麼其他的事情要交代。

於是伯公叫了聲：「金桑。」

由於無偶道長姓金，歷經過日據時代的伯公，很自然地稱呼無偶道長為金桑，在有別人在場，或者對別人稱呼無偶道長的時候，才會用大道長這個稱呼。

不過無偶道長並沒有回應他，逕自朝後院走去。

雖然說無偶道長的生性比較隨性，但絕對不是個隨便的人，至少對待伯公這些員工與接待客人，基本的禮儀還是有的，不太會這樣愛理不理的樣子，因此伯公就覺得有點怪怪的。

與此同時，伯公就注意到了那個味道，那個瀰漫在空氣中的味道。

這讓伯公不免感到狐疑，仔細想想剛剛金桑的樣子，也確實讓伯公覺得奇怪。

畢竟伯公與無偶道長兩人共事了那麼多年，對於無偶道長的生活習慣，乃至於走路的模樣，都很熟悉與習慣了。

不過剛剛看到的無偶道長，確實從動作到走路的模樣，讓伯公都有種不太一樣的感覺。

所以，本來還打算直接鎖門的伯公，決定跟著無偶道長到後面看看是怎麼回事。

當伯公走到了後院，那個讓他畢生難忘的景象，就在後院等著他。

後院，兩個無偶道長面對面佇立在原地。這就是伯公口中所稱一模一樣的鬼。

如果不是親眼看見，伯公說什麼也不會相信會有這樣的事情。

雖然說從伯公的角度，有一個無偶道長，也就是剛剛看到的那個無偶道長，看不清楚他的臉，不過就剛剛看到的模樣，確實跟無偶道長長得一模一樣，至少像到足以讓伯公誤認的地步。

正當伯公準備走上前看個清楚，另外一個，也就是正面對著趙伯的無偶道長開口了。

「老趙啊，」無偶道長對伯公說：「你先回房，我有客人。」

聽到無偶道長這麼說，伯公愣愣地點了點頭，雖然很想上前看個清楚，不過無偶道長都開口了，伯公也不便上前。

雖然沒有看到正面，也不知道兩人到底說了些什麼，不過，從無偶道長的表情看起來，讓伯公有種來者不善的感覺。

伯公雖然一開始照著無偶道長的指示，回到房間裡面，不過內心不安的他，待了一下子之後，就跑到了呂偉的房間。

伯公拖著呂偉來到了可以看到後院的二樓平台，可是這時候只剩下無偶道長一個人，還佇立在後院仰望著那棵瘦小榕樹。

那個一模一樣的鬼魂，已經不知去向，而這就是伯公第一次見到那個鬼。

雖然說當晚發生的事情很詭異，但如果只是這樣，或許伯公還不見得會放在心上，問題就在於，那個晚上過後，很多事情都有了奇怪的發展與變化，因此才會讓伯公對這個一模一樣的鬼魂，印象深刻到難以忘懷的地步。

在那個一模一樣的鬼魂造訪過後沒幾天，另一件讓伯公永生難忘的事情發生了。

那晚過後沒多久，就發生了那起事件，那起……徹底讓光與偉決裂的事件。

在那個長得一模一樣的鬼魂造訪過後，伯公就覺得無偶道長變得十分奇怪。

本來都很胡鬧、不按牌理出牌的大道長，突然變得沉默，總是待在辦公室裡。

這不免讓伯公想到了以前聽過的那個恐怖故事，相傳只要見到一模一樣的人，很快就會死掉的傳說。

「那天之後，」伯公沉著臉說：「大道長就變了，不只有大道長變了，後來就連阿偉也變了。」

照伯公的說法，在那件事情過了幾天之後，無偶道長將呂偉叫到辦公室，那天之後，就連呂偉的臉上都沒有笑容了。

「阿偉啊，」伯公嘆了口氣搖著頭說：「唉，原本是個很樂觀的少年，不管發生什麼事情，阿偉總是可以開朗地笑著，這一直都是阿偉的個性，在阿偉的身邊，就是可以感覺到很舒服，好像什麼事都不用擔心一樣。」

聽到伯公這麼說，阿吉實在很難想像，因為打從他認識自己的師父呂偉道長的時候，他總是一副憂國憂民的模樣，只有在教自己或者跟人相處的時候，才看得到他的笑容，而且那些笑容，總是給人一種壓抑的感覺。

「那天之後，」伯公說：「阿偉也變了，變得不再愛笑，變得老是皺著眉頭，好像擔心著什麼一樣。我試著問過兩人，不過他們兩個都沒有多說什麼，只說我太多心了。當然，我也不方便多說什麼，只知道那個客人，一定就是讓兩人改變的原因。」

說到這裡，伯公稍微停了一下，接過安仔手中的水，稍微喝了一口。

原本照阿吉的個性，這時候應該就會起身告別，讓伯公好好休息，不過由於伯公現在所說的話，實在是太奇怪了，因此就連阿吉都急著想要知道接下來的結果。

「你也知道，」休息了一會之後，伯公繼續說：「我一輩子都在廟裡工作，在我的人生裡面，也不是沒見過什麼怪事，不過這可能是我這輩子看過最怪的事情，一個一模一樣的人來了之後，師徒兩人都變得怪裡怪氣，跟以前完全不一樣。而且不只有我這麼感覺，阿光也這樣想。」

伯公這裡所說的阿光，當然就是指呂偉道長的師兄，劉瑜光。

「阿光那時候剛好不在廟裡，」伯公說：「過一段時間，阿光回來之後，也注意到兩人的變化，兩人也一樣什麼都不說，接著情況就變得很糟糕。大道長跟阿偉好像常常避開阿光，兩人偷偷摸摸不知道在說些什麼或做些什麼，也就是因為這樣，阿光才跟阿偉搞得越來越糟，原本阿光對阿偉是真的很好，兩人的感情真的就像親兄弟一樣，結果變成這樣，唉……」

伯公痛心地搖搖頭，一連嘆了好幾口氣。

「然後，」伯公沉著臉說：「過了一年之後，那個鬼又回來了，這一次，那個鬼把無偶道長帶出門……」

回想起那天，伯公看得一清二楚，那個長得一模一樣的鬼，把無偶道長帶走。

「阿偉追了出去，」伯公說：「似乎一直跟著兩人，就是那一天，大道長死了。」

當時隱約感覺到事情不對勁的趙伯公，在廟裡等了一整個晚上，一直到破曉時分才看到了阿偉回來。

「我等了一個晚上，」伯公說：「終於等到他們師徒倆回來，阿偉渾身是血，抱著大道長的遺體。」

說到這裡，原本情緒還算穩定的伯公，突然激動了起來，雙眼泛紅流下了眼淚。

雖然不知道伯公所說的一切到底是怎麼回事，不過至少現在阿吉相信，伯公說的是真的，至少在伯公的想法之中，真的就是那個跟無偶道長長得一模一樣的鬼殺了無偶道長。

看到伯公情緒激動，阿吉與玟珊也知道，該讓他好好休息了，於是兩人安慰了一下伯公之後，離開了病房。

4

離開醫院，伯公說的話，還一直在阿吉的腦海之中迴盪。

或許，打從一開始，自己就應該猜到了。

不管是師父呂偉道長的態度，還是光道長的恨意，其實應該猜得到光道長的指控，多少都有些事實的基礎。

即便光道長常常給人名過其實的形象，或者呂偉道長總是給人過謙的感覺，不過如果沒有半點事實為基礎，似乎也有點太誇大了，不管哪一邊都沒有那麼超過才對。

即便內心早有這樣的感覺，但是聽完了伯公的話，還是讓阿吉覺得感慨。

原來劉瑜光說的話都是真的，至少從伯公的說法來看，光道長會有這些負面的想法，似乎也是理所當然的事。

如果從光道長的角度來看，在外面處理完事務，回到了廟裡，他所面對的，是師父與師弟的驟變。

他們不再把他當成自己人，兩人總是避開他的目光，就好像有了什麼秘密一樣。

阿吉可以想像的是，或許光道長也很氣自己的師父無偶道長，不過礙於尊師重道的關係，他只能把氣全部都出在自己的師弟呂偉道長身上。

不過阿吉不解的是，在遇到那個一模一樣的鬼魂之後，無偶道長把呂偉道長叫到房間裡面，到底說了些什麼。

是什麼可以讓呂偉道長從一個陽光的年輕人，變成總是憂國憂民的文藝青年？

然而先不說無偶道長到底跟呂偉道長說了什麼，讓呂偉道長有了這樣的驟變，光是那個長得一模一樣的鬼魂，事實上阿吉聽到之後第一個想到的，就是口訣中的靈體。

像這種擬形的鬼魂，變成活人的模樣，從低階到高階，幾乎是靈體常用的伎倆，尤其是那些有點道行的妖，特別喜歡變成人的模樣。

這倒是沒有什麼太大的問題，真正的問題就在於，有什麼妖魔鬼怪，是兩師徒還沒有辦法對付的？

尤其是這兩師徒，其中一個後來還被人稱為「一零八道長」，當然阿吉不可能知道，那時候的呂偉道長，到底有多少實力。不過，不管怎樣，應該也不至於到了師徒聯手也難以對付的地步吧？

這就是阿吉百思不得其解的地方。

而且更重要的是，如果是其中一個靈體，又為什麼要這樣故作神秘？

按理來說，如果那個一模一樣的鬼魂真的是個靈體，那麼為什麼無偶道長不直接告訴大家就好了，何必兩個人偷偷摸摸躲在房間裡面說呢？

如果只是一個靈體的話，似乎沒什麼說不得的靈體，更沒有什麼不能說的秘密。

就算伯公不懂，兩師徒不想說，也不需要連光道長都隱瞞吧？

而且很顯然的，就是因為這個原因，才讓兩師兄弟徹底決裂，按理說實在沒必要做到這種地步才對。

所以如果是靈體的話，阿吉怎麼想都覺得不合理。

不過如果從無偶道長身上去想，從那個靈體的行為看起來，就是鎖定無偶道長的，因此最讓阿吉懷疑的，就是逆之類的高階靈體。

如果順著這個點推論下去的話，最有可能的推測，就是這個靈體，本來就是無偶道長造成的，很可能是無偶道長做了什麼不可告人的事情，為了維護師父的顏面，因此呂偉道長不願意多說，這完全可以理解。

不過如果是這樣的話，光是造訪的那一次，就應該有所謂的不是你死就是我活的情況，為什麼那個靈體會乖乖離開，然後又相隔了一年以上？當下不就可以動手了？

光是這靈體的行為，就已經讓阿吉不能理解了，而且都已經顯靈了，讓趙伯這些無關的人，都看到了他的形象，不動手怎麼想都不合理。

這個一模一樣的鬼魂，有很多地方都違背了口訣之中，靈體該有的行為。

最後一個疑點，就是伯公口中所說，跟現在連在一起的那個線索——味道。

如果這個廟宇的其他人聞到，或許還有話說，不過伯公雖然在無偶廟多年，但是並沒有什麼修行，因此如果是靈體的話，不太應該會聞到什麼味道才對。

所以如果綜合這些疑點，加上一個完全跳脫出靈體的框架的話，另外一個可能性浮現出來。

那就是如果那個伯公口中說的鬼，不是靈體呢？

這又會是什麼樣的狀況？

就好像第一次聽到的時候，阿吉就曾經把伯公口中所說的鬼，當成了鬼王派的意思。

關鍵恐怕還是在嗅覺，如果是真人的話，為什麼會有一樣的味道？

這才是如果是活人的話，最不合理的地方……

只是阿吉不知道的是，不管是過去趙伯公跟呂偉道長所經歷的事情，還是現在眾人所面臨到的困境，其實從某個角度來說，都是已經注定好的結果。差別就在於，他們能不能洞悉這一切。

不過，就算他們知道了答案，恐怕還是沒有辦法。事情宛如瘋狂的齒輪，繼續轉下去。

世界上一直都發生著各式各樣的大小事，每個人也有每個人自己的人生與角度，當人與人之間有了交集時，產生出的火花與事件，鮮少有人可以用全觀的視點來看所有的事。

因此就算趙伯公所見所聞是真的，那也不過就只是冰山的一角而已，想要憑藉這一角就看到事件的全貌，真的需要很大的天分，才有可能做得到吧？

至少，現在的阿吉還看不到……

第7章・襲擊么洞八廟

1

黑暗中，鍾家續緩緩地張開雙眼，這些日子，似乎已經逐漸習慣了這樣的黑暗。

從台南彷彿逃跑般離開旅館，至今已經過了差不多兩個星期。

這些日子，鍾家續幾乎就像現在這樣，無所事事地癱在床上。

其實鍾家續在這段時間，也只是回到這個家而已，不過就算曉潔現在來，鍾家續也不會開門回應。

因為現在的他，不管是誰都不想見。

每天重複做著的事情，就只是維持讓自己活下去的狀態。

就跟當時鍾齊德喪禮時的情況一樣，除了這個家之外，鍾家續也沒什麼親朋好友可以依靠。

面對如今這樣的狀況，鍾家續也不想見到任何人，回到這個空蕩蕩的家中，一開始回想到父親，先是痛哭了好幾天，然後情緒稍微平復一點之後，更大的沉痛與哀愁，緊接著浮現。

自己到底是誰？這個家到底是什麼情況？

回想起跟阿吉還有那個謎樣少女的對決，兩場自己都輸得很不堪。

「我勸你啊，從今天起，還是不要承認自己是鍾家的子孫比較好，免得丟祖先的臉。」少女最後的話，烙印在鍾家續的心中。

如果說跟阿吉的對決，讓鍾家續的世界崩潰，那麼少女的這句話，無疑等於鞭屍，讓鍾家續真的考慮乾脆改名算了。

不過時間長了，慢慢冷靜下來，似乎也越來越看得到，一些原本自己不想要承認卻無法逃避的事情。

對於鍾家的歷史，鍾家續還算熟悉，雖然現在就連他自己都不敢保證，這絕對是真實的歷史。畢竟自己的人生都可能是場騙局了，更遑論這些自己沒有親眼見過，只是聽父親描述的歷史了。

即便如此，那些歷史故事中，為了生存下來，鍾家也做出了很多對策與辦法，幾乎也可以用不擇手段來形容。

一切都只為了鍾家能夠存活下來，其他一切都是可以犧牲的。

雖然一度也想過，這樣的想法到底對不對，對於那些可以犧牲的人來說，這一生又算什麼？不過有的時候，沒有親身經歷，實在很難真正去感受那樣的感覺。就好像一輩子沒真正上過戰場，光憑「槍林彈雨」四個字，真的能夠感受到那種讓人腿軟的恐懼與絕望嗎？光憑「屍橫遍野」四個字就能感受到戰爭殘酷的真相嗎？

或許多少可以想像，但是到頭來，當自己淪為其中一個犧牲品的時候，那震撼的感受讓鍾家續了解到，自己根本沒有真正感同身受過。

事到如今，鍾家續也不得不自問，自己會不會根本就只是誘餌，暴露在檯面上的犧牲品？

這或許是這段時間以來，唯一一個可以完全合情合理的推論。

如果真的是這樣的話，自己長久以來所了解的這個家，還真的完全超乎自己想像之外。

如果連鍾家的人都可以拿來當誘餌的話，就算還有別的鍾家人，這樣的鬼王派還真的很可恥。

不過……轉念想想，既然是誘餌的話，會不會連自己這個鍾姓，都是假的？

或許，這麼想還合理一點。

只是就算逐漸接受這個事實，不過另外一個疑惑更讓鍾家續難受。

那就是父親鍾齊德知道這件事情嗎？

父親跟自己一樣，都是被犧牲的棋子，還是說父親早就知道，跟著其他人一起欺騙自己。

不管哪個，都讓鍾家續難受。

這段時間，就像這樣一直想著，雖然內心痛苦、折磨，但隨著日子一天天過去，還是逐漸冷靜下來，情緒也跟著有所轉變。

鍾家續從一開始的不解、怨恨，到最後真的很火大、不甘心。

然而，不管自己的情緒如何轉變，心情如何沸騰，都沒有辦法改變眼前的現狀。

鍾家續知道，在自己的眼前只有兩條路。

一條就是轉身離開，把這間房子賣了，融入茫茫人海中，忘記這虛假的人生，換個名字，然後宛如重生。

但是如果就這樣轉身離開，那麼就算真的可以遠離這場風暴，也可以把這一切拋諸腦後過著一般人的生活，他也永遠無法知道真正的答案，又或者說現在自己所想的一切，恐怕就是未來自己所能認知的唯一事實。

自己從原本的鍾家子孫，被期待可以讓血脈繼續下去而有的名字「家續」，變成身分不明，連個家都不知道是什麼的孤子了。

在這種狀況之下，甚至連自己的父親鍾齊德，都不知道是不是真正自己的父親了。

自己……真的可以接受這樣的結果嗎？

不過這是逃避，必須有的覺悟與結果。

相反來說，如果不想承擔這樣的結果，如果還有點想要探尋真實的答案，就只有一個辦法，這點鍾家續非常清楚。

那就是繼續下去，用鍾家續這個名字繼續走下去，也只有這樣，才有機會在未來的路上追尋到答案。

不然就是一直待在這裡，等待有一天，說不定有個有答案的人會登門拜訪。

只是這一等，不知道要等多久，更大的可能是這輩子都不會有這樣的人出現。

所以除了繼續下去，鍾家續也不知道還有什麼辦法可以解開自己的身世之謎。

於是，鍾家續在經過了兩個禮拜的沉澱後終於有了答案。

他拿起手機，重新開機。

自從上次關機，這兩個禮拜鍾家續都沒有打開過。

這就是他的選擇，反正人生都已經到谷底了，如果不徹底揭開煉獄的面貌，那還真的是死不瞑目。

已經沒有什麼可以更糟糕了，就算走下去，有很大的機會會橫死街頭。

不過死亡對現在的鍾家續來說，或許是種解脫。

至少現在的鍾家續，是這麼認為的。

所以，遲疑了一會之後，他按下聯絡人，做出了一個讓自己生命徹底改變的抉擇。

2

曉潔與亞嵐在鍾家續離開後，也回到了台北，而且比起上次離開台北，曉潔不敢回么洞八廟的情況有所不同。

雖然鍾家續離開了，但是這次台南行，也不算一無所獲。

至少，曉潔知道了，鬼王派還有其他的人，不是只有鍾家續一個人而已。

光是這一點，就足以讓曉潔面對阿吉有點可以對談的立場了。

「兇手不是鍾家續。」就算在阿吉面前，曉潔也可以抬頭挺胸地說。

雖然阿吉不見得可以接受，但是比起先前沒有半點證據來說，至少曉潔自認可以抬頭挺胸地面對阿吉了。

所以，在回到台北之後，曉潔回到了么洞八廟。

她不需要再躲躲藏藏，更不需要擔心被阿吉發現，相反地，曉潔甚至期待阿吉可以出現，能夠越快把這個誤會澄清越好。

可惜現在曉潔完全沒有辦法連聯絡到阿吉，能做的也只有守株待兔而已。

就這樣等了一個禮拜，鍾家續仍然沒有聯絡，阿吉那邊也沒有半點回音。

亞嵐每天都會來么洞八廟報到，兩人也趁這個機會，處理一下暑假該完成的作業。

雖然有考慮過是否直接前往鍾家續的家，不過兩人還是覺得，現在應該多少給鍾家續一點空間，畢竟遇到了那麼多事情，強迫人一定要從這樣的痛苦中站起來，似乎也有點太過於嚴苛與殘忍。

每個人消化自身痛楚的能力與辦法各不相同，不應該用任何標準來衡量別人需要多少時間。

所以兩人現在也只能給鍾家續時間，曉潔相信只要鍾家續準備好了，應該會跟兩人聯絡。

但是，如果鍾家續決定徹底逃避自己的命運，那麼或許兩人也只能接受這樣的決定，不再去打擾他才對。

至少，這是曉潔跟亞嵐在這一個禮拜商量後的結論。

這天同樣在廟裡吃完晚餐，兩人閒聊了一會，這時曉潔的手機突然響了起來。

拿起手機一看，曉潔的臉上立刻浮現出喜悅的神情，對亞嵐挑了挑眉。

光是看到曉潔這樣的表情，亞嵐大概也猜到來電的人是誰了。

是的，在經過了兩個禮拜的失聯後，鍾家續終於來電了。

只見曉潔連續點了幾次頭，一直說好，然後才掛上電話。

「鍾家續打來的，」剛掛上電話曉潔就跟亞嵐說：「他說他已經在附近了，想要跟我們聊聊，我說好，請他現在過來。」

於是兩人下樓，準備到門口迎接鍾家續。

才剛下樓，還沒走到大門，大門口就出現那個熟悉的身影。

鍾家續一臉歉意，走進大門後，來到了兩人面前。

對於這次回來，鍾家續其實已經準備好各種說詞，不過話還沒開口，就聽到曉潔身邊的亞嵐說：「嗯？鍾家續你有帶人來嗎？」

鍾家續聽了搖搖頭，然後轉過頭去，看著剛剛進來的大門。

大門口一個少年跟鍾家續一樣，大剌剌地走了進來。

這時其實已經過了開放時間，不過這一個禮拜，都是送亞嵐回家時，曉潔才會順手關上大門。

今天如果不是因為鍾家續來訪，現在也差不多到了關大門的時間，不過由於還沒有關閉的關係，少年才會大剌剌地走進來。

三人都是一臉狐疑，對於這時候前來拜訪的少年，感覺到有點奇怪。

不過終究是這間廟宇的負責人，曉潔見狀上前，開口對少年說：「不好意思，我們今天休息了，你有什麼事情嗎？」

少年沒有回答，繼續快步朝三人這邊走過來，同時手突然一揮，一個黑影立刻朝曉潔撲過來。

雖然曉潔跟亞嵐還沒搞清楚狀況，不過鍾家續一眼就看出來，對方手上拿著一張符，這一下就是鬼王派喚出符鬼時的動作。

因此比曉潔還要快速反應過來的鍾家續，從後面衝過來，一腳踢中朝曉潔撲過來的靈體。

曉潔嚇了一跳，退了幾步之後才停下來。

這時三人才看清楚，動手的人竟然是個少年，而且年紀比先前的那個少女還要小的感覺，應該根本還是個國中生左右的年紀吧？

「我的目標不是你，」少年用手指著曉潔對鍾家續說：「而是你身後的那個人。」

不過鍾家續當然不可能袖手旁觀，因此搖搖頭。

「你的目標不是我，」鍾家續冷冷地說：「可是我的目標是你。」

鍾家續說完之後，側著頭看向曉潔。

「別出手，」鍾家續對曉潔說：「這是我們自己家的事情。」

這或許是鍾家續對曉潔的體貼，不過鍾家續的考量，不只有基於私交的關係而已。

鍾家續很清楚即便真的是對方惹事，找上門來，如果曉潔真的跟對方打起來，很有可能真的又變成了當年的本家與鬼王派之間的爭鬥。

現在還不知道到底還有多少鬼王派的人在外面，如果真的要鬥起來，那麼好不容易建立起來的和平，可能就真的沒有半點挽回的餘地。

但如果是鍾家續動手，這頂多就是鬼王派之間的事情。

至少，如果真的制伏了對方，可能也比較容易讓對方開口。

不過說到底，這些都是額外的想法，真正的想法，還是……不想讓人傷害曉潔，至少絕對不能是鬼王派的人。

因此，鍾家續不再猶豫，將手緩緩地抬了起來，擺出了逆魁星七式的起手式。

在場的人，全部都知道這是什麼意思了。

「那就不要怪我了。」少年臉上浮現出笑容。

話才剛說完，少年立刻朝鍾家續衝了過來。

跟先前不一樣，這一次遇到了與那個少女一樣，莫名其妙的對手，雙方沒有設定什麼鬥鬼之類的規則，當然不需要拘泥在以鬼鬥鬼。

非但如此，有了上一次鬥鬼的經驗，讓鍾家續知道，對方很可能跟那個少女一樣，可以強化自己的符鬼。

因此如果要用符鬼來對付眼前這個少年，結果很可能跟上次鬥鬼一樣，以慘敗收場。

不過既然少年衝過來，至少這層顧慮也消除了一大半。

只是少年一動作，鍾家續就知道這一次，少年跟那個少女不同，完全是認真的。

而這所謂的認真，就跟月下決戰的情況一樣，對方沒有半點保留，完全是以傷害人為前提，就好像當時的阿吉一樣。

當然少年不像阿吉那麼恐怖、強大，不過光是那想要傷人的心情，比起阿吉動起手來，有完全不一樣的狀況。

因為一方面阿吉多少也有點顧忌，所以動起手來，多少還有點測試鍾家續的味道，另外一方面，或許是本家的影響，至少阿吉動起手來，都是正面對決，沒有半點迂迴的感覺，就好像西部牛仔的對決一樣，手起槍鳴，完全看雙方的實力。

但是少年一動起手來，光是第一下就用符鬼來個聲東擊西，立刻就可以感覺到對方的惡意。

光是從外表看起來，眼前這個少年比先前遇到的那個鬼王派少女還要小一點，因此雖然實力不容小覷，但終究還是沒有那個少女強，符鬼並沒有多少強化。

至少這一點，對鍾家續來說，還稍微覺得放心一點。

如果沒有強化的符鬼，或許自己還有機會，就算對眼前這個少年的來歷完全沒有概念，但如果真的光是比手腳功夫的話，其他先不要說，光是年齡的差距，應該也是年紀比較大的鍾家續比較有利。

因此看到對方竟然選擇近身戰，鍾家續這邊內心也感覺到振奮。

那少年完全沒有半點遲疑，朝鍾家續衝過來之後，一拳也跟著揮過來。

光是那完全不是逆魁星七式的動作，就只是單純像是幹架般揮拳打人，就已經讓鍾家續有點意外了。

說到底，光是靠著這一套魁星七式與逆魁星七式的底子功夫，多少也讓鍾馗派或鬼王派的弟子們，也算是半個練家子。

因此動起手來的時候，多半也不會像是一般人打架那樣，就是上去一陣亂拳，終究會基於習慣與威力的關係，用出自己熟悉的功夫。鮮少有像這少年這樣直接就是一拳，像個無賴。

或許是經驗不足的關係吧？

至少看到少年跳過來，朝自己揮拳的時候，鍾家續是這麼想的。

雖然說，經驗可能不比對方來得豐富多少，但是看到這樣的情況，鍾家續也當場有了直覺性的反應。

鍾家續打算看準雙方之間的距離後，接著向後一蹬，在躲開少年這一拳的同時，一招逆魁星七式也可以向前一踢，保證可以讓少年措手不及。

自從月下決戰之後，鍾家續開始不斷鞭策著自己，不管是操偶還是逆魁星七式，他都有了全新的目標，因此持續鍛鍊著自己。

而在不斷反覆實驗與練習後，對現在的鍾家續來說在所有技藝之中，最有把握與希望的反而變成了逆魁星七式。

在練習的過程之中，鍾家續甚至一度想過，一旦自己真的可以跟滅陣裡面那個謎之道士一樣，擁有強大又厲害的技巧的話，就算要對付阿吉，光是用這些手腳功夫，似乎也不是不可能的事情。

現在的鍾家續反而把自己的希望，寄託在這些手腳功夫上，這個打從一開始，鍾家續就認為發展有限的技藝上。

雖然說原本最有自信的操偶部分，在看到阿吉的操偶技巧之後，確實多少也有點進步，不過因為距離阿吉實在太遠了，加上操偶還是多少會受到自己功力的影響，因此想要用操偶直接對付阿吉，恐怕希望真的不大。

導致不知不覺之間，鍾家續已經把自己的希望，轉移到了逆魁星七式身上。

如今眼前這個少年似乎打算用拳腳功夫來解決，也正中了鍾家續的胃口。

這些日子以來，不斷在腦海裡學習與模仿的練習，加上親身鍛鍊的結果，終於有了實戰的機會了。

因此這一退一進之間，可是充滿了鍾家續對自己的期望。

好吧，或許鬥鬼鬥不贏，至少拳腳功夫，一定可以……

就在鍾家續這麼想的時候，一如所料的在鍾家續保持距離的情況之下，少年的一拳確實揮空了，而正是這個時機，鍾家續原本打算向前踢出一腳，給少年的下巴或胸口，來個迎頭痛擊。

誰知道，那揮空的拳頭突然一閃，彷彿延長了一樣，快速朝鍾家續臉部而來。

這一下不要說完全出乎鍾家續的意料之外，根本已經完全超出了常理所能理解的範圍，畢竟又不是漫畫裡面，真的有出現過的什麼吃過橡膠果實的橡膠人，或者是神奇四超人裡面可以自由塑形的英雄，正常根本不可能發生這種事情。

雖然這一下來得出其不意，不過速度還不算來不及反應，只是鍾家續本來就打算向後一步之後，立刻轉守為攻，在重心已經轉換的情況之下，鍾家續向後一仰，試圖想要閃過，卻因為重心的關係，沒辦法完全閃避開來，只避過了頭部這個要害，還是被這一突如其來的一擊打中了肩膀。

由於重心已經偏差，加上鍾家續自己上半身後仰，最後又被擊中肩膀的情況之下，讓鍾家續真的整個人在空中轉了一圈，才重重摔在地上。

看到這景象，曉潔也忍不住叫了出來，畢竟這絕對不是一般的情況，如果類似這樣的情況發生在拳擊賽場上，大概就是一拳擊倒的情況。

如果不是因為鍾家續要求不要介入，曉潔這時候可能已經衝上去幫忙了。或者應該說，如果對手不是這個鬼王派的少年，曉潔也早就不管那麼多了。

然而就是因為這件事情，多少也牽扯到鬼王派內部的關係，讓曉潔也只能尊重鍾家續的要求。

重重摔在地上的鍾家續，比起背部來說，肩膀感覺到更強烈的劇痛，同時也有濕潤的感覺，鍾家續低頭一看，肩膀的衣服，已經開了一道開口，而且裡面的皮膚，也被劃開淌出鮮血。

這根本就好像被人拿刀劃傷了一樣。

其他的先不說，光是那感覺好像突然伸長的手，以及肩膀上的開口，都讓鍾家續感覺到極度的不對勁。

鍾家續站起身來，感覺到不對的他，沒有機會使用柚子葉，就只能用血開眼了。

剛好自己也受傷了，用手抹了一下肩膀的血，然後在手掌上寫了一下符文，往雙眼一按。

另外一邊，一看到了鍾家續打算開眼，原本還在一旁觀察的少年，其實早就在等待鍾家續下一步動作了，眼看鍾家續用手往自己的雙眼一按，少年立刻欺身向前，偷襲鍾家續。

看到對方竟然如此卑劣，趁鍾家續開眼的同時偷襲，曉潔在一旁叫道：「小心！」

在曉潔的提醒之下，鍾家續一放下手，看到了少年朝自己撲過來的同時，立刻向後面一跳。

這一次鍾家續已經來不及像上次那樣連閃代打，只能狼狽地向後跳，雖然再度躲過了少年攻擊，不過在鍾家續還沒能站穩腳步之前，少年揮空的拳又再度延伸，直直朝著鍾家續而來，鍾家續的腹部又被打中。

雖然又被這一擊給打退好幾步，不過這一次鍾家續總算看清楚了。

看是看清楚了，不過卻是讓鍾家續完全不能理解。

因為就在剛剛少年揮空的同時，鍾家續清楚地看到了，那少年的拳頭好像有什麼東西鑽出來。

只是這個看清楚的代價有點高，因為就在剛剛這一下，鍾家續的腹部也有了很明顯的傷口。

感覺到腹部一陣劇痛的鍾家續，用手掌壓住自己的腹部，不過鮮血還是從指縫之間汩汩流出。

這到底是怎麼回事？

一旁曉潔與亞嵐因為沒有開眼的緣故，完全看不明白。

不過開了眼的鍾家續，大概明白了，為什麼那少年可以明明沒打到自己，卻能夠傷害到自己。因為透過開眼之後的雙眼，仔細看的話就會發現，少年的身體明顯有點不太一樣。

少年的四肢很明顯都有怪異的地方，不管是手還是腳，甚至是少年的胸前，都有些靈體的反應。

雖然說不知道少年是如何做到的，不過大抵上來說，鍾家續也大概可以猜想得到這是怎麼回事了。

然而知道是一回事，能夠真正理解或者是想像要如何做到，又是另外一回事。

鍾家續只知道對方應該是讓這些靈體，感覺就像是附在自己的雙手雙腳之上。

實際上如何去實行或控制，鍾家續完全不知道，不過大概可以想見，如此一來，那些靈體就好像拿著武器一樣。

事實上現在的鍾家續就好像跟一個拿著刀的人在對決一樣，每次被少年擊中，都像是被刀劃過、刺中一樣。

問題是拿著刀還好應付一點，畢竟刀是實體，雙眼看得到，甚至還有可能奪得了，但是如果是靈體的話，既沒有形體，也沒有辦法奪下來。

雖然局面非常不利，情勢也非常危急，不過這些都比不過鍾家續內心的震撼。

光是一個少女的鬥鬼，就已經讓他感覺到目瞪口呆了，現在又出現這個不知道打從哪裡冒出來的少年，同樣彷彿使用著鬼王派的東西，但卻是以一種自己完全不了解的方法使用出來。

當然，這些是鍾家續內心不解的地方，不過對現在的鍾家續來說，還是要先想辦法，對付眼前這個傢伙。這點鍾家續也知道，可是內心裡的挫折卻是難以言喻。

比起先前遇到的那名少女，她多少還帶有一點切磋的成分，但是這少年可是沒有半點鬧著玩的感覺，完全就是想殺人。

不管怎樣，都絕對不可以讓他對曉潔等人出手。

就在鍾家續這麼想的時候，少年又發動攻勢。

鍾家續根本沒辦法有什麼真正反擊的機會，畢竟不管少年揮拳還是踢腿，用逆魁星七式還是像混混一樣揮拳，鍾家續都可以躲得過，但是躲得了明拳，躲不過衍生出來的那些暗鬼。

尤其是那些從拳頭衍生出來的靈體攻擊，根本就不按照所謂的物理法則，可以從任何意想不到的角度發動攻擊。

所以鍾家續即便已經盡可能閃躲了，還是不免被劃傷。

一旁的亞嵐跟曉潔，真的是越看越不明白，明明對方的動作沒有很快，鍾家續也都確實躲過了，但是鍾家續卻完全沒有辦法還手，更糟糕的是，不知不覺中，鍾家續身上的傷越來越多了。

就算想要上去幫忙，也真的不知道是怎麼回事，看起來並不像是一面倒的戰況，鍾家續卻遍體鱗傷。

雙方就這樣纏鬥了十多分鐘，大量的失血讓鍾家續的腳步越來越沉重，少年再度朝鍾家續攻去，結果人還沒到，鍾家續已經撐不下去，雙腳一軟整個人倒在地上。

看到這一幕，曉潔跟亞嵐再也沒辦法袖手旁觀，衝向鍾家續。

少年看到兩人突然有了動作，擔心兩人突然偷襲，先朝旁退下。

兩人趕到鍾家續的身邊，由於剛剛鍾家續都一直在動作，兩人沒看得很清楚，這下終於看清楚，鍾家續真的渾身都是刀傷，大量的鮮血瞬間就染紅了地板。

另外一邊退下去的少年，本來就打算一起對付三人，剛剛一時退下只不過因為擔心前後夾擊，現在確定兩人都在自己的正面，立刻準備接著解決兩人。

少年才剛踏出一步，一個聲音從大門的方向傳來。

「住手！」一個熟悉的少女聲音，傳了過來。

曉潔跟亞嵐看過去，一名少女正從大門跑過來。

兩人一眼就認出來，這名少女正是兩個禮拜前，在台南跟鍾家續鬥鬼的那個謎樣少女。

果然，兩人是同一夥的。

少女跑到了少年身邊，少年白了少女一眼，兩人輕聲交談了幾句，顯然少年並不願意就此罷手。

爭執了一陣子之後，少女突然變臉斥道：「你現在連姊姊的話都不聽了嗎？」

聽到這句話，更是讓亞嵐跟曉潔瞪大了眼，想不到兩人不但是同一夥，還是姊弟。

不過這完全沒有改變眼前的狀況，眼看少年很顯然並不想聽自己姊姊的話，正準備再動手，曉潔與亞嵐當然也立刻擺出架式提防，如果對方一定要動手，兩人也不會再袖手旁觀，說什麼也要保護鍾家續。

誰知道少年只向前踏一步，大門的方向立刻傳來警笛聲響，接著幾個身影出現在大門邊。

從警笛聲響聽起來，就像是警車的聲音。

因此即便萬般不願意，那少年終究還是停手了。

「嘖。」少年轉身，不再繼續想要衝過來動手。

即便如此，兩人還是不敢放鬆，擺著架式擔心對方冷不防又衝過來。

看到少年停手，那少女點了點頭，然後沉下了臉，瞪著曉潔說：「請妳離鍾家續遠一點，不要再讓他為難了，妳靠近他，只會把他害死的，懂嗎？」

跟上次相見的時候一樣，少女總是在臨走之前，說出一句很傷人的話，只不過上次傷的是鍾家續，這次則是曉潔。

3

大門的方向，兩個身穿警察制服的警員衝了進來。

是何嬤報的案嗎？還是附近鄰居因為聽到了騷動而報的警？

不管怎樣，對於警方快速地趕到，還是讓曉潔感覺到欣慰。

當然，在警方已經趕到的現在，不管這一對姊弟有多麼蠻橫無理，也不可能繼續攻擊了。

果然，在看到了從大門湧入的數名警員之後，兩姊弟也停下了爭執，轉身朝著大門走過去，臨走之前，那個弟弟還恨恨地瞪了倒在地上的鍾家續一眼。

看到那個弟弟的神情，雖然說他打從一開始就說明，自己是以曉潔為目標，但是不知道為什麼，整體看下來，比起曉潔，他更痛恨鍾家續的感覺。

只見這一對年輕的姊弟，就這樣大剌剌走到了警察面前。

「不要動！」眼看兩人靠近，其中一名警員對兩人喝斥。

在員警的喝斥之下，那個弟弟高舉雙手，慢慢走到警察的面前。

然後，那個弟弟就像是對員警輕聲說了什麼，員警瞪大雙眼，一愣之後，向前踏用手指著曉潔等人。

「就是你們啊！」警員對著曉潔與亞嵐叫道：「不准動！」

曉潔跟亞嵐看到這情景，還沒搞清楚到底是怎麼回事，到底那個弟弟跟警方說了什麼，讓兩人瞬間成為了警方的目標。

而那一對姊弟，並沒有給曉潔等人說話的餘地，那個弟弟轉過頭一臉傲然地對曉潔挑了挑眉，然後姊弟倆就這樣大剌剌地朝大門走去。

原本還以為是那姊弟倆跟員警說了什麼話，不過緊接著又有幾個人從大門衝進來，卻完全連看都好像沒有看到兩人，讓曉潔立刻知道，事情可能沒那麼單純。

那些後來才跑進來的人，根本連看都沒有看兩人一眼，與兩人直接擦身而過，就好像一開始兩姊弟就不存在一樣。

明明就在剛剛兩名員警衝進來的時候一切都很正常，兩姊弟立刻被當成了嫌疑犯，誰知道不到幾秒後，兩人就好像透明人一樣，完全被人忽略。

不過在警員的喝斥下，曉潔跟亞嵐可沒辦法像兩姊弟一樣，瞬間變成透明人，因此只能照著員警的指示。

其中一名警員，跑到了倒在地上的鍾家續身旁，看了一下鍾家續的傷勢。

「快點叫救護車啊！」眼看警員只顧著對付自己與亞嵐，讓曉潔心急地叫道。

「是妳們把他傷成這樣的嗎？」負責看管兩人的員警問道。

「不是！」這時連一旁的亞嵐也氣急敗壞地叫道：「打傷他的人，剛剛才跟你們擦肩而過啊！」

不過這話一出，反而是員警們一臉莫名其妙，完全就好像不知道兩人在說些什麼的模樣。

這真的讓曉潔與亞嵐又急又氣到跺腳的地步。

不過對曉潔與亞嵐來說，這些倒還在其次，畢竟不要說么洞八廟了，就連外面那條巷子的前後都有監視器畫面，只要調一下監視器的畫面，就可以證明兩人所言非假。

因此現在最重要的，還是先保住鍾家續的命。

雖然說，傷勢似乎不算太過於嚴重，但是因為傷口很多，要是失血過多，沒人可以保證鍾家續會不會因此喪命。

於是在兩人的催促之下，警方緊急通知了救護車。

當救護人員抵達後，先幫鍾家續包紮止血，這時看著鍾家續身上的傷痕，就可以了解到，跟那個姊姊相比，這個弟弟很顯然不是鬧著玩的。

他是真的想要殺了自己與鍾家續。

雖然早就已經有這樣的感覺，不過現在看到這些傷勢，證實了曉潔的感覺。

不過反而讓曉潔感覺到十分困惑。

這到底是怎麼回事？

如果他們真的是鬼王派的，鍾家續不等於他們的王子嗎？

先不要說鍾家續壓根不知道這一對姊弟到底打哪冒出來的，就算是鬼王派的分支，也不應該會對鍾家續下這樣的毒手才對啊？

比起自身的遭遇，此刻的曉潔，更加為鍾家續擔心。

現在的鍾家續，不只有阿吉想要追殺他，就連他們自己家的人，也對他毫不留情。

也難怪，那個想要變強的心情，會一直在鍾家續的心中茁壯。

到了這個時候，不管是曉潔還是亞嵐，恐怕都不得不承認，事情確實就如鍾家續說的一樣，如果他可以強一點的話，或許一切的狀況都不會這麼糟糕。

至少，他多少可以為了自己的性命，抵擋這些莫名其妙就想要殺他、傷害他的人。

雖然說少年並沒有給予鍾家續真正的致命傷，可是大量的失血，沒人敢保證鍾家續會不會真的沒事。

看著救護車緩緩駛離，曉潔內心真的是百感交集。

在電影《守護者》的片頭之中，有一句很經典的話。

電影中的英雄團體稱為守護者，片頭有句被漆在牆上的話，就是誰來監督守護者，其實簡單來說，就是誰來監督這樣的英雄團體。

關於這點，一直都是個難題，對一般的民眾來說，大部分的民眾都希望把權力交給值得託付，不只要可以信任，更重要的也是有能力的人身上。

把正確的人放在正確的位置上，一直都是所有人期盼的結果。

但是在將權力集中在這樣的人身上的時候，眾人又會擔心他會不會濫用這樣的權力，背叛眾人對他的期許。

畢竟，歷史上已經有過無數的教訓，讓人們可以了解到，當一個人沒有任何人可以與之對抗的力量時，很難不墮落。

事實上也正是這樣的擔心，讓曉潔一直對於一心想要變強的鍾家續，有所警惕與擔心。

所以曉潔的內心也一直在猶豫、拉扯，不知道該不該打開那扇門，讓鍾家續通往他想要去的方向。

今晚，曉潔內心終於有了答案，就算鍾家續真的可以變強，他也不可能短時間之內變成最強。

先不要說，變強之後的鍾家續會不會改變，光是眼前這些不知道打哪裡冒出來的鬼王派，還是原本應該已經往生卻又帶著更為強大的力量出現在自己面前的阿吉，都已經遠遠超過鍾家續太多了。

他們……才是那個需要被監督的人，但是卻沒有任何人可以阻止他們，甚至連讓他們好好坐下來談的力量都沒有。

而自己卻還在這邊擔心著鍾家續真正變強後，會不會改變，導致一直跨越不了那個禁忌的柵欄，讓曉潔感覺到自己十分可笑。

如果自己在想到的時候，就趕快行動，把這個可以讓鍾家續變強的辦法說出來，雖然說連曉潔自己也不知道，到底這個辦法可以讓鍾家續變強多少，不過至少，今晚可能會有點不一樣的結果。

不要說一定可以對付那個少年，至少可以期望鍾家續不會像現在這樣一敗塗地，身受重傷。

如今，因為自己沒想清楚，鍾家續為了自己，不惜挺身而出，導致生死未卜，讓曉潔真的感覺到心痛。

她甚至相信，如果鍾家續真的就這樣死了，這很可能是自己永遠也沒辦法走出來的關卡，一定會內疚一輩子。

不過，如果鍾家續可以度過這次的難關，曉潔也確定，自己不會再犯錯了。

她知道自己該怎麼做了……

即便這麼做的後果，自己真的將成為永遠的罪人，她也在所不惜。

今晚，她終於了解了，所謂的義無反顧，到底是什麼意思了。

沒有覺悟，就不可能無反顧。

即便這麼做，基本上就等於跟阿吉為敵，她也願意。

4

無偶道長廟中，趁著夜晚宜人的天氣，一對師徒正在加緊練習著自己的技藝。

阿吉清醒後，將今天預計要教玟珊的部分詳細說明，在玟珊練習之際，自己也在練習著那個為了呂偉道長所研發的技巧。

也就因為這樣，形成了師父跟徒弟一起練功的奇特景象。

只不過一邊學的還在入門的階段，一邊在練習著這恐怕跟真祖召喚一樣，是個只有阿吉一個人才能練得來的功夫。

兩者不要說實際上的難易度有著天與地的差別，光是看那些動作，就知道阿吉這邊難度根本跟登天差不多。

在阿吉的旁邊練習著基本的玟珊，也常常不經意就會看到旁邊阿吉的動作，光是這樣看著，就不免讓玟珊灰心。

或許對其他不熟悉本門功夫的人來說，可能還不至於知道這難度有多高，但是對於已經開始學些基礎的玟珊來說，自然非常清楚阿吉的動作幾乎可以說是爐火純青般熟練，光是分解開來單一一個部分一個動作，就算給玟珊幾年的時間，恐怕也沒有辦法像阿吉這麼熟練，更遑論要把一堆東西合在一起，那難度真的是連想都沒有辦法想像。

也因此看著這樣的阿吉在身邊練功，還真的是會讓人越練越灰心，越練越傷心。

不過對玟珊來說，學習這些真材實料的東西，本來就是夢想，因此即便知道自己可能這輩子都無法到達阿吉這樣的境界，但是只要能多學一點有用的東西，玟珊還是願意一步一腳印，慢慢練習下去。

然而對阿吉來說，自從那天晚上在與頑固廟宇那名中年男子交手後，他的心情就被籠罩在一股陰霾之中，而且這不單單只是抽象的心情，更重要的是阿吉非常清楚，這股陰霾不只影響了自己的心情，更加會危害所有人的未來，所有跟鍾馗派有關的人，都絕對無法逃得開。

而想要吹散這股陰霾，最重要的關鍵，很可能就是現在自己當年為了師父呂偉道長而研發出來的這個招式，只有這個招式，擁有將這股陰霾打散的力量。

可是問題就在於，這個招式阿吉從來不曾用過，完全沒有任何實戰的經驗，就連這個招式是不是真的可以對付師父呂偉道長，阿吉也沒有機會證實。

如今，這個招式卻彷彿一把迎向未來的鑰匙，如果沒有這把鑰匙，那麼不只有自己，就連曉潔與么洞八廟等等跟鍾馗派有關的人，都很可能會慘遭毒手。

因為那名中年男子已經踏上了那條道路，而他的功力卻遠遠不如自己的師父呂偉道長，因此很顯然的，這個中年男子有人領著他，踏上了那條道路。

而這個帶領的人，本身肯定已經在那條道路上了。

這個招式就是專門用來對付這條道路上的人，因為當年自己的師父呂偉道長就曾經駐足在這條道路上。

而這條道路有多麼恐怖，阿吉比任何人都還要清楚，自己還差點就死在師父呂偉道長的手下。

所以，如果對方真的有這樣的實力，阿吉知道現在的自己絕對不是對方的對手，只有這個當年為呂偉道長踏上這條道上時，可以對付他的招式，才有一線生機。

雖然說在玟珊的眼裡，阿吉已經非常熟練了，不過阿吉知道，自己在使用這個招式的時候，應變的能力還不夠，要應用在實戰上，可能還需要再多下一番功夫。

尤其在自己清醒時間有限的情況之下，真的需要把握時間加緊練習，畢竟對方不知道有什麼樣的陰謀，更不知道什麼時候會發動攻擊，因此只有盡可能地練習，早一日真正將這個招式熟練到可以在實戰的時候使用的地步，才有可能阻止這一切。

因此，阿吉在指導完玟珊之後，立刻套上裝備，然後開始練習，練習的程度甚至比一旁的徒弟還要認真。

就這樣在無偶道長的廟宇中，這對師徒一到了夜晚，就在這棵瘦小榕樹前，一起加緊練習。而就在兩人熱衷練習之際，通往後院的台階上，突然發出了一陣聲響，打斷了兩人寧靜的練習。

由於兩人練習動作比較激烈的緣故，所以都事先把手機拿出來，放在台階上。

光是聽鈴聲就知道是阿吉的電話，因此阿吉停下動作，不過因為戲偶固定在身上的關係，只能提著戲偶，來到了階梯邊，拿起自己的手機，接起來電。

電話那頭熟悉的聲音是曾經差點成為阿吉師妹的陳憶玨檢察官。

「是我，」電話中的陳憶玨對阿吉說：「他們有動作了。」

當然，不用陳憶玨多說，阿吉也知道所謂的「他們」指的就是這一連串事件的犯罪組織。

想不到，現在的鬼王派已經變成這樣的盜匪集團了。

雖然說，他們的目的還不是很清楚，不過至少現在已經背負了多條人命，因此被當成犯罪集團，也算是名符其實。

因此聽到陳憶玨這麼說，阿吉並沒有特別驚訝的情緒，反而覺得是件理所當然的事情，只是他作夢也沒有想到，這一次這個犯罪集團的目標，竟然是過去他曾經稱為家的地方。

「……他們襲擊了么洞八廟。」

聽到陳憶玨這麼說，阿吉瞪大了雙眼，著急地問：「大家沒事吧？廟裡的人有沒有怎樣？何嬤他們人怎麼樣了？」

比起那些鬼王派的動向，對阿吉來說，這些跟家人沒什麼兩樣的人當然比較重要。

「么洞八廟裡面的人都沒事，」陳憶玨說：「這次襲擊事件之中，只有一個人受傷，雖然一度狀況有點危急，不過緊急送醫之後應該沒什麼大礙。」

聽到了陳憶玨這麼說，阿吉鬆了一口氣，至少自己在乎的人，都平安無事也算是不幸中的大幸。

「受傷的是誰？」阿吉問。

「不是廟裡的人，是一個叫做……」陳憶玨稍微停頓一下似乎在看資料：「鍾家續的大學生。」

「什麼？鍾家續？」阿吉訝異的神情全寫在臉上。

不只有阿吉，就連一旁原本還在練習的玟珊，聽到了這個名字，也停下了練習，沉著臉看著阿吉。

因為鍾家續這三個字，對兩人來說並不陌生，事實上一直到現在，玟珊還是把這個名字跟自己的殺父仇人畫上了等號。

阿吉當然也很熟悉這個名字，只是這件事情的發展倒是完全出乎了阿吉的意料之外。

「所以是他襲擊么洞八廟的？」這是阿吉直覺之下的反應。

「不是，」陳憶玨說：「情況有點複雜，不過簡單來說，他似乎是為了保護么洞八廟而受傷的。」

「啊？」又聽到一個出乎意料之外的答案，讓阿吉一臉狐疑：「到底是怎麼回事？」

鬼王派的人襲擊了廟宇，然後又是鬼王派的人，為了保護么洞八廟而受傷？這是什麼樣的情況啊？

雖然說這或多或少證實了阿吉先前對於鍾家續根本就是個誘餌的想法，不過誘餌不會也不應該阻礙自己家的行動才對。

就算鍾家續不知道自己根本就只是誘餌，光是阻止自家人行動的時候，也會知道對方是鬼王派的，不太可能會演變到這種地步才對。

因此得到這個訊息的同時，阿吉心中真的有種莫名其妙的感覺。

「妳確定嗎？」阿吉不免懷疑：「妳是怎麼判斷他是為了保護么洞八廟的？」

「是你的寶貝徒弟說的，」陳憶玨淡淡地說：「而且就跟我剛剛說的一樣，事情有點複雜，情況就跟看守所的狀況有點類似。」

這樣說可能阿吉還沒有辦法了解，因此陳憶玨將當時發生的經過，大略告訴阿吉，就像陳憶玨所說的一樣，么洞八廟發生的事情，就跟前幾天看守所的情況類似。

因為一方面擔心么洞八廟的安危，另一方面也考量到么洞八廟很可能成為歹徒的目標，因此陳憶玨早就派了警員駐守在附近，監視著么洞八廟的狀況。

前幾天晚上，原本一切都跟往常一樣，沒有多少遊客的么洞八廟，早早就準備關門了。就連長期負責監視的同仁，也覺得今晚應該跟往常一樣，又是寧靜的一個夜晚。

誰知道到了夜晚時分，突然從么洞八廟裡面傳來吵雜的聲音，在確認之下，確實看到有些陌生的臉孔，在么洞八廟前的廣場與曉潔等人起了衝突。

因此負責監視的人員，立刻聯絡當地的警局增派支援，並且照著先前的計畫，與警員們會合之後，管控么洞八廟的周邊，希望可以一舉逮捕那些襲擊么洞八廟的人。

在完成了部署之後，立刻衝入么洞八廟之中。

「然而就跟當時的看守所一模一樣，」陳憶玨說：「趕到現場的同仁，宣稱只有看到你的寶貝徒弟跟她的兩個朋友，沒有看到其他人，但是由於你的寶貝徒弟，堅稱有另外一對姊弟在場，而且那兩個人就是傷害鍾家續的兇手，在她的堅持之下，警方這邊也調了監視器畫面，結果確定她們所說非假，當時在場的同仁們就這樣眼睜睜看著兩名兇嫌大剌剌地離開。」

類似的事情已經出現第二次了，因此就整體來說，雖然還不太清楚對方的手法，不過至少也不算什麼新鮮事了。

然而現在的重點還是對方為什麼會在這個時候，襲擊么洞八廟。

不過既然對方已經確實襲擊了么洞八廟，那麼現在最重要的就是先解決這座廟裡人員的安全問題。

「先想辦法確保曉潔跟那個鍾家續的安全，」阿吉說：「當然如果可以把他們暫時關進去牢裡會好一點。」

「你還真的是胡來，」陳憶玨說：「這是不可能的事情，就算是你為了他們好。」

「我知道，」阿吉嘆了口氣說：「唉，至少妳現在應該可以順利把何嬤他們移走了吧？」

「嗯，」陳憶玨說：「這點沒問題，畢竟都已經有人襲擊了么洞八廟，所以我已經安排何嬤他們到別的地方了，至於么洞八廟我會請同仁幫忙看管，不過我想對方很可能不會再來了。」

聽到陳憶玨這麼說，阿吉確實安心不少。

「至於那個鍾家續還沒醒來，」陳憶玨說：「我有加派人手守在醫院，不過我很懷疑有沒有用，畢竟類似看守所的事情，已經發生兩次了。現在我也只能做到這裡了。然後……何嬤還是要你去見她，她很堅持。」

「我知道，」阿吉沉下了臉：「幫我跟何嬿說，這次事件過了，我會好好讓她罵個夠。」

掛上電話之後，阿吉把這件事情轉述給玟珊聽。

雖說可能還需要多一點情報才能了解對方為什麼會在這個時間點襲擊么洞八廟，而鍾家續又為什麼會為了保護么洞八廟而受重傷，不過有一件事情阿吉非常清楚。

那就是這一次自己很有可能真的會用上這個招式，因此想了一會之後，阿吉又回到了剛剛練習的位置上，提起了刀疤鍾馗，調節一下自己的呼吸後，再度邁開腳步，加緊練習。

既然對方連么洞八廟都已經襲擊了，那個幕後黑手，肯定也快要現身了，在那之前，如果自己沒有辦法將這個招式練好的話，說不定連一點機會也沒有。

所以阿吉不再有任何想法，只能邁開腳步，繼續練習這個專門為自己師父研發出來的招式。

或許，在冥冥之中，一切都已經注定好了，當年師父呂偉道長之所以進入那條道路之中，就是為了幫自己提前準備，迎接即將而來的這一切。

如果是這樣的話，那麼阿吉說什麼也一定要完成這個招式。

只是阿吉不知道的是，如果說這就是所謂的宿命的話，那麼這一切環環相扣的程度，遠遠超乎即便可能是現在普天之下最了解鍾馗派的他所能想像的範圍之外。

不管是鍾家續、葉曉潔，乃至於阿吉自己，都不過是這個宿命輪迴中的一個環節而已，綜觀全貌，或許一切都早就已經注定好了。

現在差別只在於，當宿命揭開了它最後的面紗，到底還有誰能夠倖免於難，如此而已。

後記

大家好，我是龍雲，很高興在這裡跟大家見面。

在我寫下這篇後記的今天，是二〇一八年六月十四日，同時也是四年一度世界盃開始的日子。

雖然台灣不是很流行足球，不過我從小還是非常喜歡足球。

從八六年馬拉度納的那一屆世界盃開始，幾乎每一屆都有觀看，只是以前電視轉播沒有很發達，不見得每場比賽都看得到。

拜現在網路與電視發達所賜，可以看得到每場比賽還是讓我覺得很感動。

四年一度的盛事，雖然很刺激，不過也因為這個緣故，導致有很多讓人遺憾的故事出現。

在運動員最精華的年紀來說，有時候會因為一點小傷勢，或者是失誤等等，就錯失了問鼎天下的機會。

每每看到這樣的故事，總是會讓人真的不免感覺到辛酸與遺憾。

就像多年前德國隊的巴拉克一樣，明明是在最巔峰的時候，卻因為傷勢沒辦法出賽世界盃，導致最後運動生涯始終有個遺憾。

而對球迷來說，無法看到最頂尖的運動選手出現在最頂級的賽事，也是個難以抹滅的遺憾。

不過或許就是因為這樣的遺憾，才讓這四年一度的世界盃，充滿無比的魅力。

人生也是如此，就是因為有了死亡，才讓生命顯得如此珍貴，就是因為幸福得來不易，所以才特別需要珍惜。

這一屆，我真心希望阿根廷可以贏得世界盃冠軍。

在寫的這個時候，一切都還不知道，不過等到大家拿到書的時候，應該已經知道答案了吧。

這種感覺其實還挺奇妙的，好了，就讓我們拭目以待吧。

最後，一樣希望這集小說大家會喜歡，那麼，我們下一集見嘍。

龍雲

龍雲作品 30

驅魔少女：鬥鬼

國家圖書館出版品預行編目資料

驅魔少女：鬥鬼 ／ 龍雲 著. — 初版. —
臺北市：春天出版國際，2020. 04
面； 公分. —（龍雲作品；30）
ISBN 978-957-741-264-5（平裝）
863.57 109004116

ISBN 978-957-741-264-5
Printed in Taiwan

作者	龍雲
封面繪圖	LOIZA
總編輯	莊宜勳
主編	鍾靈
責任編輯	黃郁潔
美術設計	三石設計
出版者	春天出版國際文化有限公司
地址	台北市信義區信義路四段458號3樓
電話	02-7718-0898
傳真	02-7718-2388
E-mail	story@bookspring.com.tw
網址	http://www.bookspring.com.tw
部落格	http://blog.pixnet.net/bookspring
郵政帳號	19705538
戶名	春天出版國際文化有限公司
法律顧問	蕭顯忠律師事務所
出版日期	二〇二〇年四月初版
定價	220元
總經銷	楨德圖書事業有限公司
地址	新北市新店區寶興路45巷6弄6號5樓
電話	02-8919-3186
傳真	02-8914-5524